KEITAI
SHOUSETSU
BUNKO SINCE 2009
野いちご

極上男子は、
地味子を奪いたい。⑤
～地味子の正体、ついに暴かれる～

＊あいら＊

JN020276

◎ STARTS
スターツ出版株式会社

イラスト/柚木ウタノ

１万年にひとりの逸材と言われた、
元人気No.１アイドル、「カレン」。

「俺がどれだけ可愛いって思ってるか、
　　　　全然わかってない……」
「花恋を……好きになってしまった」

極上男子の溺愛が加速する中、
クライマックス目前にして大事件発生!?

「おい、本当にカレンがいるぞ……！」

ついに、カレンの正体が世間にバレてしまって……。

「もう、会わないでおきましょう」
「答えてくれたら……お前のことは諦める」

元人気No.１アイドルを巡る恋のバトル、大波乱！

超王道×超溺愛×超逆ハー！
＼御曹司だらけの学園で、秘密のドキドキ溺愛生活／

極上男子は、地味子を奪いたい。 5

～地味子の正体 ついに暴かれる～

同一人物

伝説のアイドル"カレン"の姿

地味子に変装中の花恋の姿

登場人物紹介

一ノ瀬 花恋（いちのせ かれん）　1年

元トップアイドルの美少女

1万年にひとりの逸材と言われた元トップアイドル。電撃引退をしたが、世間では今も復帰を望む声が相次いでいる。正体がバレないように地味子に変装して"普通の学園生活"を送ろうとするけれど…?

あらすじ

元伝説のアイドル花恋は、天聖に告白をされてから彼を意識してしまっている。そんな中、響と蛍と一緒に勉強会を開くことに。眼鏡を外されてしまい、カレンであることが二人にもバレてしまった！　さらに、テストで花恋に負けてしまった陸が学校を辞めるという噂が流れたり、暴走した絹世が花恋を監禁してしまったり、色んな事件が起こるも、花恋はまっすぐに向き合い解決していく。落ち着いたのも束の間、ある事情で大河に恋人のフリを頼まれた花恋は、豹変した大河に突然押し倒されてしまい――?

圧倒的な存在感を
放つ気高き総長

Lost Star

No.1 暴走族 LOST
通称 LS

花恋の正体を
唯一知っている

2年
長王院 天聖
（ちょうおういん てんせい）

LOSTの総長でシリウス（全学年の総合首席者）。学園内でずば抜けて人気がある国宝級イケメン。旧財閥である長王院グループのひとり息子だが、LSに所属している。花恋とは昔出会ったことがあるようで…？

1年
守堂 蛍
（しゅどう ほたる）

LOSTメンバーで花恋のクラスメイト。成績優秀で生徒会に勧誘されたが辞退した。響と一緒にカレンのイベントに通ったこともある。

1年
月下 響
（つきした ひびき）

LOSTメンバーで花恋のクラスメイト。勉強嫌いで関西弁。カレンの大ファンでカレンのことを天使だと絶賛している。

2年
椿 仁斗
（つばき じんと）

LOSTの副総長。落ち着いていて頼りがいのある兄貴分。いつもは包容力に溢れているが、じつは……。

2年
榊 大河
（さかき たいが）

LOST幹部メンバー。真面目な美男子。とある理由から女性嫌い。完全無欠だが、ある秘密を抱えている。

2年
泉 充希
（いずみ みつき）

LOST幹部メンバー。成績が良く、頭の回転も早い天才型。ただし気分屋で、人付き合いが苦手。喧嘩っ早い。

2年

女嫌いで冷酷な生徒会長

2年

生徒会長。表では文武両道の完璧美男子だが、本性は腹黒い。カレンの大ファンで、カレンも認知しているほどライブや握手会に足繁くかよっていた。天聖にシリウスの座を取られたことを恨んでいる。

久世城 正道
（くぜしろ まさみち）

生徒会副会長。生徒会で唯一優しい性格をしているが、正道の命令には逆らえない。カレンのファンだが、正道がいる手前公言はしていない。

水瀬 伊波
（みなせ いなみ）

1年

2年

2年

京条 陸
（きょうじょう りく）

生徒会役員で花恋のクラスメイト。比較的優しいほうだが、自分の利益を優先して動く。カレンのファンだが、手の届かない存在だと思っている。

武蔵 誠
（むさし まこと）

生徒会役員で、花恋には"まこ先輩"と呼ばれている。冷たいキャラを偽っていたけれど、素直じゃないだけで優しい性格。花恋に救われてから懐いている。

羽白 絹世
（はしろ きよ）

生徒会役員。根暗な自分は生徒会に馴染めないと悩んでいるが、じつはどんなスポーツも超人的に得意。カレンのことが大好きで、密かにずっと応援していた。

星ノ望学園の階級制度

First Star 通称 FS
ファースト スター / エフエス

生徒会の役員だけに授与される称号。生徒会に
入るには素行の良さと成績が重視され、学年の
中でも数少ない成績上位者だけに与えられる。
生徒会は表面上では華やかで人気があるが、生
徒会長・正道の権力の強さは圧倒的で、裏では
ほぼ独裁的な組織運営となっている。

Lost Star 通称 LS
ロスト スター / エルエス

暴走族LOSTのメンバーだけに授与される称号。
生徒会入りを拒否した者は強制的にLOSTのメン
バーになる。総長・天聖はグループを束ねること
はしないが、持ち前のカリスマ性で自然とメン
バーを統率。唯一、FSに対抗できる組織であ
り、生徒会の独裁的な運営を裏で抑圧している。

Normal Star 通称 NS
ノーマル スター / エヌエス

一般生徒のこと。学園内のほとんどの生徒が
この階級に属する。品行方正なFS派か、派
手で目立つLS派かで生徒間では派閥がある。

Sirius
シリウス

全学年の総合首席者に授与される称号。学業と
身体運動の成績を合わせた実力のみで選定され
る。今年は学園創設以来初めて、FSではなく
LSの天聖がシリウスに選ばれた。シリウスは
ひとつだけ願いを叶えてもらえる"命令制度"
を使う権限をもち、その命令には生徒はもちろ
ん教師さえも逆らうことはできない。

☆ contents

21th STAR
動きだした恋

豹変

「……お前が悪い」

　大河さんの唇が……私に触れた。

　パニックのあまり、私は瞬きを繰り返すことしかできな
かった。

　10分前。

「花恋、すまない……両親がいらない気を使ったようだ」

「え？」

「悪いが、俺の部屋で寝てもらうことになった」

　申し訳なさそうな大河さんを前に、私は笑顔を浮かべた。

「はい、私は全然平気です」

　急遽、大河さんの部屋で一緒に寝ることになった私たち。

　普通は恋人でもない男女が一緒の部屋で寝るなんて危な
いかもしれないけど、相手は大河さんだ。

　誠実を絵に描いたような大河さんなら心配はない。

　そもそも大河さんは私のことそういう目で見てないだろ
うし、女性が苦手だって言っているくらいだもん。

　変に意識するほうが、大河さんに対して失礼だよね……！

　と、この時までは、そう思っていたんだ。

　お家の人が用意してくれた、ふたつ並んだふかふかの布
団に、それぞれ横になる。

「電気、消していいか？」

「はいっ」

　部屋が暗くなると、急に眠気に襲われた。

　これだけ暗いし、メガネは外しても大丈夫かな。

　顔なんてはっきりと見えないだろうし……ウイッグはつけたままだから、見えたとしても前髪で隠れると思う。

　そう思って、私はメガネを外した。

　ふぁ……眠い……。今日は緊張したし、疲れたからぐっすり眠れそう。

　そう思って目をつむろうとした時、隣で寝ている大河さんの姿が視界に入る。

　布団に入って目をつむっている大河さんは、背を向けていたけど、メガネをかけているのがわかった。

「……あれ？　大河さん？」

　どうして、メガネつけたまま寝てるんだろう？

「ん……？」

「ふふっ、メガネ外し忘れてますよ」

　大河さん、もしかして寝ぼけてるのかな？

　今日は私以上に、大河さんのほうが疲れただろうし……。

　私はそっと、大河さんのメガネを外して枕元に置いた。

「おやすみなさい」

　再び横になって、目をつむる。

　それは本当に、突然だった。

「大河、さん？」

　私の上に覆いかぶさっている大河さんに、驚いて目を見開く。

　私の視界に映ったのは……いつもの、無表情の大河さんではなく、欲望をにじませた余裕のない表情だった。

「……お前が悪い」

　ゆっくりと、顔を近づけてくる大河さん。

　え、えっ……!?

　待って……大河さん、何をしようとしてるっ……?

「た、大河さっ……」

　あと少し近づけば、唇同士がくっついてしまいそうな距離だ。

　もしかして……キス、される……!?

　どうして……!?

　ただひとつだけわかるのは、確実に大河さんの様子が普通じゃないってこと。

　──ちゅっ。

　室内に、そんなリップ音が響いた。

　頬に伝わった大河さんの感触。その唇はやけどしそうなくらい熱を持っていた。

　なんとか顔をそむけて、唇は守ったけど……。

　大河さんの様子はいつもと違っていて別人みたい。そして、今度は首筋にキスをされた。

　触れるだけのキスではなく、押し付けるようなキス。

　大河さん、どうしちゃったのっ……!

　逃げようにも、大河さんが覆いかぶさっていて逃げられない。

　パニックに陥っていると、今度は肩を噛まれた。

　甘噛みだから痛くはないけど、ますます混乱する。

　お、おかしいっ……大河さんがこんなことするなんてっ……！

「ひゃっ……」

　するりと、大河さんの手が私のお腹に回った。

　冷たい手の感触に、変な声が漏れる。

「た、大河さん、待ってください……！」

　ほ、ほんとにどうしようっ……！

　ぎゅっと、握られていた左手。

　身をよじって逃げようとした時、大河さんがその手に力を込めた。

「離れないで、くれ……」

　え……？

　今にも泣きそうなくらい、切ない声。

　大河さん……？

　どうして、こんなふうに大河さんは豹変しちゃったんだろうっ……。

「と、止まってください……！」

　そう言っても、大河さんは止まるどころか首へのキスを繰り返すだけ。

　誰か助けてって叫びたいけど……さ、叫んだら、お家の人に私と大河さんが恋人同士じゃないことがバレて、すべてが台無しになっちゃうっ……。

　必死に、大河さんがおかしくなった原因を考える。

　そういえば……、大河さんのメガネを外してあげたとこ

ろからおかしくなった気が……。

　ってことは、メガネが原因……？

　メガネを外して豹変なんて、そんなことあるっ……？

　半信半疑だったけど、今はそれしか思い浮かばなかった。

　私は空いているほうの手をうんっと伸ばして、メガネを掴む。

　そして、急いで大河さんにメガネをかけた。

　すると、大河さんの動きがぴたりと止まった。

「……っ!?」

　薄暗い部屋の中でも、みるみるうちに大河さんの顔が青ざめていくのがわかった。

　ひとまず、止まってくれたことに私はほっとひと安心。

　よ、よかった……。

　メガネをかけて止まったってことは、やっぱりメガネが原因だったんだ……。

「すまなかった、花恋……！」

　えっ……!?

　大河さんが、パッと勢いよく私から離れたかと思うと、目に見えぬ速さで土下座をした。

　床に頭を押し付けている大河さんに、慌てて駆け寄る。

「だ、大丈夫ですから、土下座なんてしないでください……！」

　それにしても、謝るってことは無意識じゃなく、記憶はあるってことだよね……？

　大河さんのメガネには、一体どんな秘密が隠されている

んだろう……。

「というか、大河さんのほうこそ大丈夫ですか……？」

　心配で、大河さんの顔を覗き込んだ。

「……お前はこんな時でも、人の心配をするんだな」

　え？

　大河さんはなぜか切ないげな視線で、私を見てくる。

「その……体質、なんだ」

　体質……？

「俺は……メガネを外すと、人格が変わってしまうんだ」

　や、やっぱり……。

「ごめんなさい……！　知らずに勝手にメガネを外してし
まって……！」

　元はと言えば……私が余計なことをしたのが原因ってこ
とだ。

　謝らなきゃいけないのは、私のほう……。

「いや、おかしな体質だからな。お前は何も悪くない」

　そう言って微笑んでくれる、優しい大河さん。

　その笑顔に、胸が苦しくなった。

　大河さんは……女性が苦手ってことだけじゃなくて、い
ろんな悩みを抱えているんだ……。

「人格が変わるっていうのは、さっきみたいな状態になるっ
ていうことですか……？」

「……ああ。どうしてか……その、周りにいる人間に手当
たり次第触れようとしてしまう、らしい……」

　な、なるほど……。

　確かに、さっきいろんなところを触られたし、キスも……。

　思い出しただけで、恥ずかしくなった。

「意味のわからない体質のせいで、花恋にひどいことをしてすまない……」

「い、いえ……！　本当に謝らないでください……！」

　私がメガネを外したのが原因なんだし、大河さんは悪くない……！

「でも、大変ですね……メガネが手放せないなんて……」

　真面目でいつも冷静沈着な大河さんに、こんな悩みがあるなんて思いもしなかった。

「原因がわからないから……治しようもないんだ」

　大河さんも相当困っているのか、大きなため息を吐き出した。

　パチッと、突然部屋の電気をつけた大河さん。

　わっ……私もメガネかけなきゃ……！

　素顔のままだったことを思い出して、急いでメガネをかける。

「やはり、部屋を別々にしてもらおう」

「え？」

　大河さんは立ち上がって、電話を取ろうとした。

「俺と眠るのは、怖いだろう」

　もしかして、お家の人に連絡するつもりなのかな……？

　私のこと、気遣ってくれてる……？

「大河さん、落ち着いてください……」

　私は大河さんの手から受話器をとって、そのまま置いた。
「びっくりしましたけど、私は本当に大丈夫ですから」
「しかし……」
「お家の方たちに怪しまれても困りますし、もう今日はこのまま寝ましょう！」
　ここで部屋を変えてもらったら、今までの計画が台無しになっちゃう……！
　今、大河さんと私は、恋人っていう設定なんだから……！
「はい！　安心して横になってください！」
　納得していない様子の大河さんの背中を押して、布団に戻らせる。
「……ありがとう、花恋……」
　ふふっ、お礼なんて、本当に必要ないのに。
　今度こそ寝ようと、布団に入った。
　あ、そうだ……。
「大河さん、手を出してください」
「え……？」
　私の言葉に、大河さんは意味がわからないのかきょとんとしている。
　私がじっと見つめると、恐る恐る手を出してくれた大河さん。
　私はそっと、その手を握った。
「こうしていましょう」
　大河さんは、豹変してしまう原因はわからないって言ったけど……私はもしかしたら、普段の大河さんが無表情す

ぎるのが原因じゃないかと思った。

『離れないで、くれ……』

　さっきの、メガネを外した大河さんの切ない声を思い出す。

　あれはもしかして……ただ人の温もりを求めていたんじゃないかな。

　大河さんが、誰かに甘えたり、頼ったりしているところを見たことがない。

　きっといつも周りの心配ばかりして、寂しいって感情を押し殺してきたんだと思う。

　メガネを外したら、そういう押さえていた感情が爆発しちゃうんじゃないかなって……。

　だから……少しでも大河さんの寂しさが埋まればいいなと思った。

「あ……もしかして、拒絶反応が出たりしますか？」

「いや……やっぱり、花恋は平気みたいだ」

　よかった……。

「その……できれば、このままでいてほしい」

　ぎゅっと、弱い力で大河さんが握り返してくる。

「はいっ」

　いつも頼りになる大河さんが、なんだか弟のように見えた。

「大河さん、甘えたい時は……甘えてもいいんですよ」

　優しい人だから、辛いこともひとりで溜め込んでしまいそうだし……無理だけはしないでほしいな。

「……お前にはかなわないな」

　大河さんが、ふっと笑った気がした。

「おやすみなさい」

「……ああ」

　右手に温もりを感じながら、ゆっくりと目をつむる。

　疲れていたのか、私はすぐに眠りの世界に入った。

押し殺したい感情

【side 大河】

　ハッと我に返ったとき、目の前には怯えた表情を浮かべる花恋がいた。

「……っ!?」

　すぐに花恋から離れ、正座をして頭を床に押し付ける。

「すまなかった、花恋……！」

　俺は……一体なんてことを、してしまったんだ……。

　メガネを外した俺が、花恋になにをしたのか記憶はある。

　罪悪感で、どうにかなりそうだった。

「だ、大丈夫ですから、土下座なんてしないでください……！」

　いや……俺は、たとえどれだけ謝っても許されないほどのことをした……。

　恋人でもない女性に……最低だ……。

「大河さんのほうこそ、大丈夫ですか……？」

　あんなことをされたにも関わらず、俺のことを心配をしてくれる花恋。

　どうして花恋が俺を怒らないのか、俺にはわからなかった。

「……お前はこんな時でも、人の心配をするんだな」

　こいつは、あまりにも優しすぎる。

　そんなに、優しくしないでくれとすら思った。

　お前の優しさに、俺は……。

　……とりあえず、花恋には話さなくてはいけない。

　どうしてこうなったか説明する責任があると思った。

　両親以外誰にも話したことはなかったが、俺は花恋に自分の体質のことを説明した。

　もともと、俺は視力が悪いわけではない。このメガネは完全に伊達眼鏡だ。

　女性が怖くなってから、女性と会う時はメガネをつけるようになった。

　そして、いつの間にか……こんな体質になってしまっていたんだ。

「意味のわからない体質のせいで、花恋にひどいことをしてすまない……」

「い、いえ……！　本当に謝らないでください……！」

　花恋に……嫌われてしまったかもしれないな。

　優しいから、俺を責めるようなことは言わないだろうが、内心では俺に恐怖心を抱いたかもしれない。

　好きでもない男に触れられたら、怖いに決まっている。

「でも、大変ですね……メガネが手放せないなんて……」

「原因がわからないから……治しようもないんだ」

　そう言ったが、自分で思い当たる原因はあった。

　俺は基本的に、女性だけではなくあまり他人と深い関わりを持たないようにして生きてきた。

　LOSTの人間のことはもちろん信頼しているが、校外で共に時間を過ごすことは少ないし、女嫌いになった過去も

仁以外は知らない。

　お互いに馴れ合いが嫌いな俺たちは、一定の距離感を保っている。

　だから俺には、本心をさらけだせる相手がいなかった。

　榊家の一人息子として、他人に弱みを見せることもできなかった俺は、寂しいという感情を押し殺してきた。

　多分、メガネを外した俺が人の温もりを求めようとするのは……心のどこかで抱えていた「寂しい」という感情が、爆発してしまっているんだと思う。

　……だからと言って、花恋にあんなことをしていい理由にはならないが。

「やはり、部屋を別にしてもらおう」

　俺は立ち上がって、部屋の電話に手を伸ばした。

　使用人の部屋につながる電話。花恋だけの部屋を用意するように頼もう。

　母さんには怪しまれるかもしれないが、仕方ない。

「え？」

「俺と眠るのは、怖いだろう」

　明日も学校なんだ。今日は丸一日付き合わせてしまったから、花恋にはゆっくり休んでほしい。

　……俺が近くにいたら、気が休まらないだろう。

「大河さん、落ち着いてください」

　花恋が、電話をかけようとした俺の手を止めた。

「びっくりしましたけど、私は本当に大丈夫ですから」

　いや……。大丈夫では、ないだろう……。

「お家の方たちに怪しまれても困りますし、今日はこのまま寝ましょう」

「しかし……」

　本当に、いいのか……？

　無理はしていないだろうかと、心配になる。

「はい！　安心して横になってください！」

　花恋は俺の背中を押して、布団に戻るよう促した。

　……一体今日1日だけで、何回花恋の優しさに救われただろう。

　本当に、すまない……。

　心の中でつぶやいて、再び布団に入る。

「大河さん、手を出してください」

「え……？」

　手？　意味がわからず花恋を見ると、早くと視線で催促された。

「こうしてましょう」

　ゆっくりと花恋のほうに手を伸ばすと、花恋の小さな手が俺の手を握った。

　……っ。

　握られた手から、伝わってくる温もり。

　……驚いた。

　人の温もりというものは……こんなにも落ち着くのか。

「あ……もしかして、拒絶反応が出たりしますか？」

「いや……やっぱり、花恋は平気みたいだ」

　俺に気を使ってか、手を離そうとした花恋の手をとっさ

に握り返していた。

「その……できれば、このままでいてほしい」

　離したくないなんて、俺は何を思っているんだ……。

　でも、一度知ってしまった温もりを、手放したくないと思った。

「はいっ」

　嬉しそうに微笑んだ花恋は、俺をじっと見ている。

「大河さん、甘えたい時は……誰かに甘えてもいいんですよ」

　暗くて、はっきりと表情はわからない。

　ただ……きっと笑顔を浮かべているだろう花恋を見て、胸が締め付けられた。

　どうして……わかったんだ。

「……お前にはかなわないな」

　自分の中の寂しいという感情に、気づかれたのは初めてだった。

　両親でさえ、きっと俺が抱えている孤独(こどく)には気づいていなかったはずだ。

　俺のことをちゃんと見てくれていないというわけではなく、俺が隠すのがうまかったんだと思う。

「おやすみなさい」

「……ああ」

　花恋は手を繋いだまま、すぐに眠ってしまった。

　俺が言うのもなんだか……無防備すぎるんじゃないか……。

　花恋は頭もよく、常識もある人間だが、危機管理の能力が著しく低いことを知った。

　でも……今日はそこに救われたな……。

　握られた手に、力を込める。

　温かい……。

　孤独を感じない夜なんて、いつぶりだろう。

　俺も眠気に襲われて、気づけば眠りに落ちていた。

　ん……。

　カーテンの隙間から差し込んだわずかな光で目が覚めた。

　まだ5時前か……少し早いな。

　いつもより早く朝を迎えたにも関わらず、驚くほど寝覚めが良い。

　握られた手を見て、納得した。

　花恋のおかげで、ぐっすり眠れたみたいだ。

　明るいため、花恋の寝顔がはっきりと見える。

　改めてその顔を見て、俺は自分の目を疑った。

　こいつ……メガネを外したら、雰囲気が変わるんだな……。

　なんというか……寝顔が、驚くほど綺麗だった。

　冗談抜きで、天使か何かかと疑うくらい。

　いつもはメガネと前髪で顔が隠れているから、ここまで整っていたとは知らなかった。

　目を閉じているから、瞳の大きさはわからないが、肌も

とても綺麗で、まつ毛もつくりものかと思うほど長い。鼻筋はすっと通っていて、眉毛の形も整っていた。

　驚いたな……。

　別に顔で判断するわけではないが、目を開けた花恋の顔を見てみたいと思った。

　綺麗なその寝顔につい見入ってしまったが、ハッと我に返る。

　こんなにまじまじと見つめるなんて、失礼だな……。

　昨日から、俺はどうかしているみたいだ……。

　このまま花恋といたらもっとおかしくなってしまいそうだと思い、ゆっくりと手を離す。

　離れた手の温もりを名残惜しく思ってしまった自分にも、呆れてため息がこぼれた。

　花恋は、天聖が慕っている相手。

　俺にとっては、可愛い後輩。それ以上の感情を、持つな……。

　花恋を残して、俺は部屋を出た。

「大河さん、おはようございます」

　洗面室に向かっている途中、母さんと会った。

　もう起きていたのか……って、この人は誰よりも朝が早かったな。

「おはようございます」

「早いですね。花恋さんは？」

「まだ寝かせています」

　俺の返事に、「そうですか」と頷く母さん。

「ふふっ、まさか大河さんが、あんなに真面目そうな方を連れてきてくれるとは思わなかったわ」

　嬉しそうな母さんの表情から、相当花恋を気に入っていることがわかった。

　昨日も思ったが……まさか花恋がここまで母さんをたらしこめるとはな。

　天性の人たらしだと思っていたが、花恋の魅力は老若男女を虜にするらしい。

「お父さんも花恋さんのこと随分気に入ったみたいですよ。大河がいい相手を見つけてくれたって喜んで、酔い潰れてしまって」

　確かに、昨日は今までにないはしゃぎようだった。

　厳格な父さんがあそこまで喜んでいるのは見たことがなかったから、それにも驚いた。

　恋人のフリとして適任だと思ったから花恋に頼んだが、ここまで気に入られるのはさすがに想定外だった。

　母さんと父さんへの受け答えも完璧だったし、気に入られるのも無理はないか。

「……はい、彼女はとても素敵な女性です」

　笑顔でそう言えば、母さんもくすっと笑う。

「そんな改めて言わなくったってわかってるわ。わたしも見る目くらいはあるのよ」

　母さんの言葉には重みがある。榊家の人間として、人を見定める目は必須だっただろう。

　花恋がいいやつなのは十分わかっているが、母さんの太鼓判付きとなると相当だ。

「それにあの子……原石だと思うわ。磨けば相当化けるでしょうね」

「え？」

「というより、わざと質素に装っている気がするの。女の勘ってやつですよ」

　質素に装っている……？

　確かに……。

　さっきの花恋の寝顔を思い出した。

　まさかあの大きなメガネの奥に、あそこまで綺麗な顔が隠されているとは思いもしなかった。……花恋はわざと、隠しているんだろうか？

　わからないが、磨けば化けるという母さんの言葉は当たっている。

　花恋はきっと、とても美しい女性だ。

「あなたに見る目があってよかったわ、大河さん」

　ご機嫌だな……。

　母さんも、普段は厳しい人だから、ここまで人を褒めることは滅多にない。

「母さんがそこまでおっしゃるなんて、意外です」

「そうですね。わたしも、半端な方を連れてきたら追い出してやろうかと思っていたんですけど……彼女があまりにも素敵だから、お嫁さんとしてうちに来てくれる日が待ち遠しくなりました」

　……罪悪感。花恋と別れたと報告した日には、どんな罵倒を受けるだろう。

　想像するだけで、恐ろしくなった。

「絶対に、逃がしてはいけませんよ」

　笑顔を消して、真剣な顔になった母さん。

　俺だって……。

「……はい」

　できることなら、逃したくはない。

　あの手の温もりを、手放したくない。

　……なんて、俺のものでもないのに、何を思っているんだろう。

　母さんと別れて、顔を洗う。

　鏡に映る、メガネを外した自分。

　自分の瞳が、花恋が欲しいと訴えているような気がして、鏡から目を逸らした。

　やめろ……。

　花恋は、天聖の……。

　いや、まだ天聖の恋人ではない。でも、俺はずっと天聖を応援していたはずだ。

　それなのに、今さら……。

　この気持ちを押し殺す方法があるなら……誰か教えてくれ。

溺れるキス

「お世話になりました」

帰る支度を終えて、大河さんのお母さんとお父さんに挨拶をする。

「花恋さん、またいつでも来てくださいね」

「これからも、大河のことをよろしく頼むよ」

ふたりに笑顔でそう言われて、大きく頷いた。

「は、はい……！」

心の中では、本当の恋人じゃなくてごめんなさい……！と深く頭を下げながら。

大河さんのお母さんとお父さんは本当のことを知らずに、私を温かく迎えいれてくれて、とってもよくしてくれたから、胸が痛くなった。

お家の車で最寄りの駅まで送ってもらうことになり、大河さんと車に乗る。

「ここで降ろしてくれ」

駅の近くで、大河さんが運転手さんにそう声をかけた。

「ありがとうございます」とお礼を言って、車を降りた。

「はぁ……」

車が走り去ると、私は大きく息を吐き出した。

無事、終わった……。

なんとか、恋人のフリをやりきれたかな……？

「ありがとう花恋。今回は本当に助かった」

　大河さんがそう言って微笑んでくれて、私も安心した。

「いえ……！　お役に立てたならよかったです……！」

　車の中も運転手さんがいたから、恋人役を続けなくちゃいけなかったし……最後まで緊張した……。

　ちょっとハラハラするシーンもあったけど、大河さんの計画は成功だと思う。

　でも、先伸ばしにできたとはいえ……大河さんが好きでもない人と婚約させられる未来は変わらないんだよね……。

　そう思うと、少しやるせない気持ちになる。

　大河さんはそれでいいって言っているけど、私は納得しきれないな……。

「家まで送ろう」

　そう言ってくれた大河さんに、首を横に振った。

「そ、そんな……！　私の家はすぐ近くなので、平気ですよ！」

　それに、住んでいるところはバレちゃいけない。私の家が天聖さんと隣だってことは隠してるから。

　大河さんはこの前、天聖さんの家に一緒に行かなかったけど……家は知っているかもしれないし、疑われる可能性があるから。

「いや、昨日も一日付き合ってもらったんだ。せめて送り届けさせてくれ」

　真面目で律儀（りちぎ）な大河さんの申し出をどうやって断ろうか

と悩んでいた時、背後から声が聞こえた。

「……花恋？」

「えっ……？」

天聖さん？

こんな早朝の駅前に天聖さんがいるとは思わなかったけど、振り返った先にいたのはやっぱり天聖さんだった。

「ど、どうしてここにいるんですか？」

「実家に呼び出された帰りだ」

天聖さんも帰省していたのかな……？

「……それより、どうして花恋とお前がこんなところにいるんだ？」

じっと、大河さんを見ている天聖さん。

確かに、天聖さんからしたら、こんな時間に私と大河さんが一緒にいるのは変だと思うだろう。

「あ、あの、これは……」

なんて言おう……。

大河さん、恋人のフリをすること、天聖さんや他の人には言わないでほしいって言ってたし……。

「花恋、俺から説明する」

困っていると、大河さんがそう発言した。

「花恋に、俺の実家に付き添ってもらっていた」

えっ……言ってもいいの……？

「親に婚約を急かされていたんだ。俺は女性が苦手だから、花恋に恋人のフリをしてもらった」

天聖さんはじっと、顔色を変えず大河さんの話を聞いて

いる。

「花恋がお前に言わなかったのも、俺が誰にも言わないで
くれと口止めをしたからだ」

「……あの、話してもよかったんですか？」

　心配でそう聞けば、大河さんが優しく微笑んだ。

「ああ。口止めを頼んだのは、事前に知られたら阻止され
ると思ったからだ。用事が済んだ後、天聖には説明しよう
と思っていた」

　そっか……。

　天聖さんなら、事前に話していてもわかってくれていた
と思うけど……。

「……そういうことだ。隠していて悪かった」

「……」

　無言のまま、大河さんを見ている天聖さん。

　その顔は何を考えているのかわからなくて、なんだか気
まずい空気が流れる。

　え、えっと……。

「花恋、帰るぞ」

　しん……と静まった空気をどうしようかと考えていた
ら、天聖さんに手を握られた。

　大河さんの言葉には答えず、そのまま歩き出そうとした
天聖さん。

「……待て。今から俺が送り届けようとしていたところだ」

「俺が送る。お前はもう帰れ」

　天聖さんがそう言って、私を引っ張った。

　大河さんに家を知られたら困るところだったから、結果オーライなのかもしれないっ……！

「しかし……」

「た、大河さん、お気持ちだけで十分です！　また学校で……！」

「……ああ、わかった……。気をつけてな」

　手を振ると、大河さんはそれ以上引き止めてはこなかった。

　天聖さんに引かれるまま、後をついて行く。

　駅からマンションはすぐだから、あっという間に着いて、エレベーターに乗った。

　天聖さんの顔が見えないから、不安になる。

「あの……天聖さん、黙っててごめんなさい」

　顔を覗き込んでそういえば、天聖さんは無表情のままだった。

「……謝る必要はない。別に、休日をどう過ごそうと、俺に報告する義務なんかないからな」

　えっ……。

　その言葉に、つき放された気がして悲しくなる。

　けど、次の瞬間天聖さんに引き寄せられて、ぎゅっと抱きしめられた。

「ただ……俺が勝手に嫉妬してるだけだ」

　私を強く抱きしめながら、耳もとで苦しそうに呟いた天聖さん。

　——ドキッ。

　普段堂々としている天聖さんの弱々しい声に、どうしてか胸が高鳴った。

　嫉妬、なんて……。

　どう返事をしていいか、わからない。

　ただ、普通は付き合ってない人に嫉妬をされたら、困ると思う。

　それなのに……今の私は、天聖さんの嫉妬を嫌だとは思っていなかった。

　むしろ、愛されていることを実感して、心のどこかで喜んでいる自分がいる。

　……え?

　私、どうして喜んでるの?

　天聖さんの嫉妬を……嬉しいって、感じているんだろう……?

　これって、もしかして……。

「……っ」

　い、いやいや、そんなはずない……!!

　私が、天聖さんを恋愛対象として好きなんて……。

　ま、ままま、待って……!

　そんな急に、わからないよっ……。

　ちょうどピンッと音を立てて、エレベーターが最上階に止まる。

「て、天聖さん、降りましょう……!」

　そう言うと、天聖さんはゆっくり私を離してくれた。

　なんだったんだろう、今のは……。私、変だ……。
「何もされなかったか？」
　共用廊下を歩いて家に向かっている途中、そう聞いてきた天聖さん。
「え？」
「こんな朝に帰ってきたってことは、大河の家に泊まったんだろう？」
「……っ」
　私は昨日の夜のことを思い出して、恥ずかしくなった。
　私の反応を見て、天聖さんの顔色が変わる。
「……何をされた？」
　……ま、まずいっ……。
　これは、言っちゃダメだ……。
　大河さんはメガネのこと、秘密にしてるって言ってたし。私がとっさに顔に出してしまったから、天聖さんに怪しまれてしまった。
「ち、違うんです……！　何も……」
　なかったと言おうとしたけど、それより先に天聖さんに腕を掴まれた。
　天聖さんは私の腕を握ったまま、自分の家に歩いていく。
　慣れた手つきですぐに鍵を開けて、そのまま家の中に入った天聖さん。
　すぐに鍵を閉めた天聖さんは、私を玄関の扉にそっと押し付けた。
　壁に追いやられ、逃げ道がなくなる。

「どこまでされた……？」

　じっと私を見つめながらそう聞いてくる天聖さんに、私は頭を悩ませた。

　ど、どうしよう……なんて言えば……。

　というか、あれは大河さんの意思ではなかったわけだから……言ってしまえば、大河さんも被害者だ。

　私にあ……あんなこと……大河さんだってしたくてしたわけじゃない。

「あの、本当に事故というか……んっ……！」

　言い訳をしようとした私の口を、天聖さんが塞いだ。

　自分の、唇で。

「てんせ、さん……っ」

　突然のことに混乱して、何が起こっているのかわからない。

　ただ、触れた天聖さんの唇が熱すぎて……ゆっくりと理解する。

　私は今天聖さんに、キスされてるんだって。

　2度目のキスは、1度目のキスとは全然違った。

　何度も、離れては重なって、離れては重なってを繰り返して、その度に口づけが深くなっていく。

「花恋……」

　キスの合間に名前を呼ばれて、ドキッと大きく心臓が高鳴った。

　抵抗するっていう選択肢も忘れるくらい、頭の中はパニック状態。

　もうこれが何度目のキスなのかわからないくらい繰り返
された後、天聖さんがゆっくりと私から離れた。

　呼吸が苦しくて、すうっと大きく酸素を吸う。

　天聖さん、どうしてこんな……。

　じっと私を見つめてくる天聖さんの瞳には、いろんな感
情が混ざっているように見えた。

「……好きだ」

　甘くて、苦しげな声で告げられたその言葉。

　再び私を抱きしめてきた天聖さんは、私の頭を自分の胸
に強く押し付けてきた。

「……どうすれば、俺を好きになる？」

　……っ。

　愛を乞うような天聖さんの声に、心臓が異常なくらい高
鳴る。

　いつも余裕な天聖さんが、こんな衝動的なことをするな
んて……。

　さっきまでのキスは……夢だったんじゃないかとすら
思った。

　でも、唇に残る感触は確かで、今感じている天聖さんの
熱が現実だと訴えかけてくるみたい。

「あ、の……」

　どうしよう……。

　顔が熱すぎて、心臓がうるさすぎて……。

　……あれ？

「どうしよう」で頭の中が埋め尽くされそうなほど混乱

していたのに、ふと冷静になった私。

　なんで……嫌だって、思わなかったんだろう。

　さっきの、キス……。

　昨日、大河さんにキスをされそうになった時、嫌だって思ってしまった。

　相手が大河さんだからじゃなくて、好きな人以外とするのは嫌だったから。

　でも……天聖さんにキスをされている時、嫌だとは感じなかった。

　恥ずかしくてたまらなかったけど、嫌悪感はなかった。

　嫉妬されたのが嬉しかったり、キスが嫌じゃなかったり……。

　……私、一体どうしちゃったんだろうっ……。

　突然、天聖さんの手が私から離れた。

「……悪い。暴走した」

　天聖さんも我に返ったのか、口もとを押さえてやってしまったと言わんばかりの表情を浮かべている。

「……本当に悪かった。嫌だっただろ……？」

　まるで怒られたあとの子供みたいに、不安そうな視線を送ってくる天聖さん。

　嫌じゃなかったから、困っててっ……。

「お前の許可なく手は出さないって約束する。だから……嫌いに、ならないでくれ」

　こんな時なのに、天聖さんの不安そうな表情を可愛いなんて思ってしまった。

「な、なりませんっ……」

　びっくりしたけど、嫌いになんてなれない。

　それに……自分の中の感情が、わからない……。

「……ありがとう」

　天聖さんは私の返事に、大げさなくらいほっとしている
ように見えた。

　クールで、何にも執着しなさそうな天聖さんが私のこと
で一喜一憂している姿に、また心臓が大きく高鳴った。

　と、とにかく……一旦ひとりになりたい……！

　今の私は混乱しているから、一回冷静にならなきゃ……！

「わ、私、家に帰ります……」

　そう言うと、天聖さんは「ああ」と言って玄関を開けて
くれた。

「急がないと生徒会に間に合わないな。俺もすぐに用意し
て、外で待ってる」

　向けられた優しい微笑み。いつも見ている笑顔のはずな
のに……いつもと違うように見える。

　や、やっぱり、今日の私はおかしい……！

　私は逃げるように、天聖さんの家を出た。

変化

　家に戻ってひとりになってからも、さっきのことを思い出して冷静でいられなかった。

　天聖さんが、あ、あんなキスするから……。

　でも、私はどうして嫌じゃなかったんだろう……。

　か、考えても答えなんてでそうにないし、そのうちこのざわざわした気持ちも落ち着くだろうから、もう忘れよう……！

　天聖さんとのキスの記憶を払拭(ふっしょく)して、支度をする。

　外で待ってるって言ってたけど、天聖さんもういるかな……？

　あ、会うの、気まずいな……。

　そう思いながら、恐る恐る外に出た。

　すると、家の前に支度を終えた天聖さんの姿が。

　天聖さんは私を見て微笑んだ。

「行くか？」

　やっぱり、どうしてか、天聖さんの笑顔がいつもより眩しく見えた。

「は、はい」

　思わず視線を逸らしながら、返事をする。

　ほんとに、どうしちゃったんだ私はっ……。

　ふたりで学校に向かっている間も、天聖さんの顔をまと

もに見れなかった。

　いつも天聖さんといる時は、安心して、楽しくて……なのに、今はすごく緊張してしまってる。

「花恋」

「は、はい？」

「……どうした？」

「えっ……」

　天聖さんも私の様子がおかしいことに気づいたのか、心配そうにじっと見てくる。

　至近距離で見つめられて、心臓がドキッと音を立てた。

　急いで、天聖さんから目を逸らす。

　や、やっぱりまともに見れないっ……！

「な、何もありません……！」

「……俺のせいだな。もう何もしないから、そんなに警戒しなくていい」

　どうやら、私がさっきのことで怖がってると思われたのか、天聖さんは少し悲しげな声でそう言った。

　警戒してるわけじゃなかったんだけど……。

　でも、変に言い訳するよりも、今はそういうことにしておいてもらおうっ……。

　いつもより会話が少なかったからか、学校までの時間が長く感じた。

「また昼休みな」

　私を送ってくれたあと、頭をぽんっと撫でて去っていった天聖さん。

　その瞬間、私の頬はぼぼぼ！っと音を立てて真っ赤に染まった。

　やっぱり、天聖さんがいつもと違って見えてしまう……。

　天聖さんがかっこいいのはいつものことだけど、なんていうか……もっと輝いて見えた。

　まともに目も合わせられなかったな……。

　以前なら、頭を撫でられてもちょっと照れくさいくらいだったのに……今はもう、恥ずかしすぎてどうにかなっちゃいそう……。

　ど、どうしようっ……このままじゃ、天聖さんにも変に思われちゃうっ……。

　って、ひとりで悩んでいても意味がないよね……早く生徒会室に入らなきゃ……！

　今日もきっと、仕事は山積みだ。

　私は顔の熱を冷ましてから、中に入った。

　生徒会の仕事をしている間は、天聖さんのことは考えないっ……！

「お、おはようございます」

　みんなに挨拶をして、自分の席に座る。

「花恋、おはよう。どうしたの？」

　すぐに陸くんが駆け寄ってきて、なぜか首をかしげた。

「えっ……な、ななな、何が？」

「……朝から様子がおかしいぞ。挙動不審というか……」

　その言葉に隣にいたまこ先輩が、怪しむような目で私を

見てくる。

　えっ……わ、私、そんなに変だったかな……？

「そ、そそそそ、そんなことないですよ……！　い、いいい、いつも通りです……！」

「……お前はいつもそんなにおかしい話し方だったか？」

　ますます目を細めて、疑いの目で私を見てくるまこ先輩。

　陸くんも、「なんか変なものでも食べた？」と心配してくれている。

「い、一ノ瀬、体調がすぐれないようだが……」

　正道くんも駆け寄ってきて、申し訳ない気持ちになった。

「へ、平気です……！　ご心配をおかけしてすみません……！」

　みんなに心配をかけちゃダメだっ……。

　べ、別に、何かあったというわけでもないんだし……みんなに迷惑をかけたらダメだよね。

「や、役員の心配をするのは、生徒会長として当然だからな……！　何かあればいつでも僕に言ってくれ！」

　そう言って、自分の席に戻っていった正道くん。

「花恋、体調悪かったら俺に言うんだよ？　お姫様抱っこで保健室まで運んであげるから」

「こんなイカれたやろうじゃなくて俺に言え。無理はするなよ」

　陸くんとまこ先輩も、睨み合いながら自分の仕事に戻った。

　はぁ……しっかりしなきゃっ……。

「花恋、本当に大丈夫？」

　隣にいた絹世くんが、じーっと私を見ていた。

「わ、私、そんなに変？」

　絹世くんにまで指摘されるなんて……。

「うん、すっごく変だよ！　変な花恋も可愛いけどね！」

　にこっと、天使の笑みを浮かべる絹世くん。

　か、可愛いのは絹世くんのほうだよ……。

「あ、そうだ花恋」

　絹世くんは何か思い出したように目を輝かせて、私の耳もとに口を寄せてきた。

　なになに？と私も絹世くんに近づく。

「カレンが出てたこの映画って観た？」

　絹世くんは小声でそう言って、スマホの画面を私に見せてくれた。

「う、うん」

　観たというか……去年、出演した映画だ……。

「続編が公開されたの知ってる？」

「あ、そういえば続編があるって言ってたね」

　オファーが来たけど、引退することが決まっていたから断ったんだった。

　監督も優しい人で、快く私の決断を受け入れてくれた。

　本当にいい現場だったし、作品自体も高く評価されていたから続編は個人的に観に行きたいって思ってたんだ。

「明後日祝日でしょ？　一緒に観に行かない？」

　えっ……一緒に!?

「行きたい……！」

　正直、ひとりで観に行くのは寂しかったから、とても嬉しいお誘いだ。

「ふふっ、やった！」

　絹世くんは小声のまま、嬉しそうにガッツポーズをしていた。

「それじゃあ、明後日。約束ね！」

「うん！」

「……おい！　何をこそこそと話している！」

　正道くんの怒号が飛んできて、私は慌てて絹世くんから距離をとった。

「す、すみません……！」

　仕事中におしゃべりなんてしちゃダメだよね……！

「ち、ちが……僕は絹世に怒っているのであって、一ノ瀬には決して……」

「正道くん怖いよ～！　花恋、僕がひとりで怒られるから気にしなくていいよ……！」

　絹世くんが、私を守るようにぎゅうっと抱きついてきた。

「お前っ……！！」

　正道くんが、絹世くんを怖い顔で睨みつけている。

「ま、正道様、おちついてください……」

　伊波さんがなだめている光景も見慣れてしまった。

「はーあ、今日も朝から醜い争いしてるなぁ……花恋と一番仲がいいのは俺なのに」

「お前が一番醜いぞ……」

　陸くんとまこ先輩もなにやらぼそぼそ言っていて、今日も生徒会は賑やかだなぁと思った。

　お昼休みになって、溜まり場に向かう。

　中に入ると、いつものように２年生のみんなが集まっていた。

　挨拶をして、いつものように自分の定位置に座る。

　いつものように……。

「花恋」

　席につきながら私の名前を呼ぶ天聖さんに、ぼぼっと顔が熱くなった。

　いつもと何も変わらないのに、私だけがいつも通りでいられない。

「花恋、どうした？」

　座らない私を見て、充希さんが不思議がっている。

「な、何もないです……！」

　怪しまれないように、ドスッと椅子に座った。

　へ、平常心平常心……！

　天聖さんの顔は、できるだけ見ない……！

「花恋」

　そう思っているのに、隣から名前を呼ばれて、それだけなのにドキッと高鳴る決心がゆるい心臓。

「……怒ってるか？」

　えっ……！

　驚いて天聖さんのほうを見ると、悲しそうな……まるで

捨てられた子犬みたいな目で私を見ていた。

　ドキュン！と、今まで以上に大きな音を立てた心臓。

　とっさに視線は逸らしたけど……天聖さんの弱った顔に母性本能をくすぐられてしまった。

　というか、そんな心配させてたなんてっ……。

「お、怒ってないです……！」

　天聖さんが不安がらないように、全力で否定した。

　び、びっくりはしたけど……天聖さんが相手だったから、怒ったりしない……。

　……ん？　天聖さんが相手じゃなかったら……怒ってたの……？

「そうか、よかった」

　私の返事に、安堵の息を吐いた天聖さん。

　天聖さんが不安がるなんて意外すぎて、驚かずにはいられなかった。

　か、可愛いって、思ってしまった……。

「何？　花恋こいつと喧嘩でもしたのか？」

　私たちのやりとりが聞こえていたのか、充希さんがそう聞いてきた。

「し、してないです……！」

「でもなんか、様子おかしくね？」

　ぎくっ……！

　早速怪しまれてるっ……。

「い、いつも通りです……！」

「……ほんとか？」

じーっと、疑いの眼差し(まなざ)を向けてくる充希さん。

鋭い充希さんに、「ほんとです！」と大きな声で主張した。

いつも通り、いつも通り……。

こっそりと深呼吸して、心を落ち着かせた。

それでもやっぱり、天聖さんの隣にいるのがいつもより落ち着かなかった。

お昼ご飯を食べ終わって、教室に戻るため立ち上がる。

溜まり場を出て、ふぅ……と息を吐いた。

天聖さんの隣、緊張した……。

いつもはこんなことないのに……やっぱり今日の私は変だ……。

響(ひびき)くんと蛍(ほたる)くんと、教室に戻る。

その途中、「花恋！」と後ろから声をかけられた。

振り返ると、そこにいたのは大河さん。どうしたんだろう……？

わざわざ追いかけてきてくれるなんて、何かあったのかなと心配になり、私も大河さんに駆け寄る。

「どうしたんですか？」

「花恋、今日は遅刻しなかったか？」

あ、もしかしたら……今朝、大河さんとは駅で別れたから、心配してくれていたのかもしれない。

「はい……！」

「そうか。よかった」

安心した様子で、微笑んでくれた大河さん。

「昨日と今日は本当にありがとう。食事に行く日程は、ま

た連絡させてくれ」

「ありがとうございます……！」

　律儀な大河さんに、私もお礼を言った。

　大河さんのオススメのお店、楽しみだなぁっ……。

「その……」

　ん……？

　何か言いたげな大河さんに、首をかしげる。

「様子がおかしかったが、あの後天聖に何かされたのか？」

「……っ」

　図星をつく発言に、あからさまにびくっと肩を震わせて
しまった。

「な、何もされてません……！」

　キ、キスされましたなんて……言えないっ……。

「……そうか」

「そ、それじゃあ……ま、また！」

　不自然だったかなと思いながらも、そう言い残して響く
んたちのもとに戻った。

　これ以上追求されたら、ボロがでちゃいそうだったか
らっ……。

　あ、あのことは、忘れるんだっ……！

　私は脳内の記憶を払拭するように、ぱちっと頬を叩いた。

初めての感情

【side 大河】

「そ、それじゃあ……ま、また！」

　そう言って、逃げるように走り去ってしまった花恋。

　やはり……花恋の様子がおかしい。

　異常に天聖を意識していたし……今朝はあんな状態ではなかったはずだ。

　いつも通り、天聖と一緒に帰っていったはず……。

　あの後、何かあったに違いない……。

　そう思うと、知らない感情が腹の底から湧き上がった。

　なんだ……これは。

　天聖に対しての、薄暗い感情。

　誰かに対してこんな感情がこみ上げたのは、生まれて初めてだった。

　モヤモヤする……気のせいか……？

　天聖と花恋の間に、何があったのか気になった。

　でも……それは、俺が詮索することではないか……。

　すっきりしないまま、溜まり場に戻る。

「花恋もいなくなったし……帰るか」

　中に入ると、ちょうど充希が帰ろうとしていた。

　こいつはいつも、昼食をとった後は寮に戻っている。

「充希、そろそろサボりすぎなんじゃない？」

　仁の言う通りだ……。

　いい加減、生徒指導がかかるぞ。いや、もうかかっていそうだな……。

　花恋が編入してきて、午前中はちらほら授業に出席することも増えた。

　今まではほとんど教室にも溜まり場にも顔を出さず、丸一日サボるのも当たり前なやつだったから、それに比べればましだが……それでも、サボりすぎなことには変わりない。

「授業なんか受ける意味ねーからな」

「はぁ……成績がいいからって、出席日数も一応必要なんだからね」

「お前はいっつもうるせーな……昼飯食ったあとは寝るって決めてんだよ」

「はいはい……またね」

　仁もこれ以上言っても無駄だと思ったのか、呆れた様子で手を振った。

　あいつは、どこまでも問題児だな……。

「俺も教室行こっかな」

　そう言って、立ち上がった仁。

　いつもなら俺も一緒に溜まり場を出るところだが、今日はまだ"用事"が残っていた。

「俺はもう少しここにいる」

「え……大河がサボりなんて、珍しい。どうしたの？」

　俺は基本的に、授業には出席している。

　皆勤賞とまではいかないが、サボるようなことは滅多に

ない。

　LOSTは一応不良と呼ばれる生徒が集まっているから、俺や仁のように出席している生徒のほうが珍しい。

　ふと視線を感じて見上げると、仁が驚いた顔で俺を見ていた。

「少し腹の調子がすぐれなくてな……休んだら教室に戻る」

　すまん、仁。嘘だ。

　心の中で、謝っておく。

「そっか。安静にね」

　こいつは追及しないタイプの人間だから、それ以上何か聞いてくることはなく、溜まり場から出て行った。

　広い室内に、天聖とふたりきりになる。

　天聖もサボるのか、さっさとどこかへ行こうと立ち上がった。

「……待て、天聖」

　俺はそんな天聖を呼び止め、座るように促す。

　天聖は、おとなしくソファに座った。

「花恋の様子がおかしかった。何かしたのか？」

　俺の用事とはこれだ。どうしても気になって、花恋に聞いてもはぐらかされるだろうから、天聖に聞くことにした。

「お前には関係ない」

　……まあ、そうだろうな。

　普通なら、ここで食い下がるはずだった。

「関係ある」

　それなのに、なぜかそんな言葉が口をついていた。

「……何が言いたい？」

　顔をしかめた天聖に、ハッとする。

　本当だ……俺は、一体何を言おうとしている？

　俺は……。

　ダメだと、もうひとりの自分が俺を止めようとした気がした。

　でも、もう無理だ。

　自分の感情を、認めざるを得ない。

　俺は──花恋が、好きなんだ。

　諦めないといけないと思った。この感情を押し殺したかった。一時の気の迷いだと……目を逸らしたかった。

　なのに……。

　──心から、花恋が欲しいと思ってしまった。

22th STAR
初恋の形

最初で最後の恋

【side 大河】

　俺の家は、由緒正しき華道の名門。父は、政治家としての顔も持っている。

　どこへ行っても榊家の御曹司として、完璧な振る舞いを求められた。

　幸いなことに、俺はそれを苦痛と思うタイプではなかったが……唯一、苦手なことがあった。

　それは、女性に言い寄られること。

　もの心ついた頃から、榊家の妻という座を狙う女性から日々アプローチを受けた。

　もちろん、俺自身に魅力があるわけではないということもわかっていたし、俺に近づいてくる人間は全員家柄目当てだった。

　社交の場でも、つねに狙われた獲物のような気分だった。

　だから、女性には自分から近づかないようにしていたし、友人も作らないようにしていた。

　初等部の低学年の頃まではまだ、女性が"苦手"程度だった。

　完全に女性不信になったのは——高学年の頃からだ。

　初等部５年の頃の担任は、俺のことをよく気にかけてくれる人だった。

　定期的に俺を呼び出しては、優しい言葉をかけてくれる、模範的教師。

「お家のことで、プレッシャーもあるでしょうけど……あなたはあなたのままでいいのよ」

　担任の言葉が、素直に嬉しかった。

　この人は俺のことをわかってくれているんだと、錯覚してしまっていた。

「ありがとうございます、先生」

「担任なんだから、当然よ」

　こんなふうに、俺をいち生徒として扱ってくれる人もいるのか。この人は、俺が苦手な女性とは違うんだなと……信頼していたんだ。

　ある日の放課後。クラス委員の仕事をしていて帰るのが遅れた日だった。

「で、榊くんはどうなの？」

　俺の名前……？

　偶然通り過ぎようとした教室から、教師同士の話し声が聞こえた。

　盗み聞きなんてどうかと思ったが、自分の話だと気づきつい立ち止まってしまった。

「全然なびかないのよあいつ。いい加減イライラしてきた」

　え……。

　タバコを吸いながら話していたのは、担任だった。

「ずっと働くのも嫌だし、こんな玉の輿のチャンスはないから絶対に逃さないけどね。小学５年生なんてピュアだか

ら、あたしのこと信頼してくれてるみたいだし」

　ぎゃははと、下品な笑い声が聞こえた。

　……俺はまだまだ、人を見る目がないな。

　別に、騙されたとか、そんな感情はなかった。

　信用した俺が悪い。ただ、悲しいだけだ。

　こんなことはよくあることだし……彼女には今後、極力近づかないようにしよう。

　それ以来、担任を避けるようになった。

　自然と諦めてくれるだろうと思っていた時、事件は起こった。

　体調がすぐれないな……。

　昼食をとってから、頭痛がひどく保健室に行った。

　保健医も席を外していて、保健室には誰もいなかったが、誰かが入室してきた。

　ガチャリと、鍵をかける音が聞こえた。

「……榊くん、いる？」

　この声は……担任か。

　返事はしないでおこう。

　寝たふりをしたが、気配が近づいてくることに気づいた。

　……っ!?

　嫌な予感がして、目を開ける。

「何を……しているんですか」

　スマホを持って、写真を撮ろうとしていた担任。

「えっ……お、起きてたの？　薬、効いてなかったのか

な……」

「薬……？」

　この人……まさか、何か盛ったのか……？

「私だって子供には興味ないから安心して。ちょっと恋人らしいことをするフリして、証拠をおさえればいいだけだから」

「……っ、やめろ……」

　俺の体に、そっと手を這わせて、無理やり恋人同士のような写真を撮ろうとしてきた担任。

　自分よりも弱い相手だとわかっているのに、とても恐ろしく見えた。

「やめろ……！！！」

　そのあとの記憶はなく、目覚めたら病院にいた。

　後から聞いた話だが、俺は睡眠薬を飲まされていたらしく、転勤が迫っていた担任がしびれをきらしてこんな行動に出たらしい。

　俺が最後の力を振り絞って叫んだことで、保健室に駆けつけた人が助けてくれたのだと知った。

　そして……担任は、懲戒処分となった。

「なあ、こいわっちゃんクビになったらしいぜ」

「マジで！　こいわっちゃん可愛かったのに……」

「なんか、教員免許剥奪？　されたらしい」

　クラスメイトたちが話しているのを聞いて、罪悪感にかられた。

　睡眠薬を飲まされて、襲われそうになったとはいえ……

この結果に、ざまあみろとは思えない。

　彼女はこれから……どうやって生活していくんだろう。

　榊家の御曹司に手を出そうとしたというレッテルは、今後の彼女の人生につきまとうだろう。

　職も失って、途方に暮れているかもしれない。

　彼女をうまくかわせなかった俺にも、責任があるんじゃないかと……俺は自分を責めた。

「榊くん！　今日の委員会なんだけど……」

「ああ、一緒に行こうか」

　中等部に上がって、学級委員になった。

　相手の女子生徒は小柄で、いつも明るい子だった。

「うんっ……！」

　彼女は執拗に俺と行動を共にしたがる子で、好意を持たれていることはすぐにわかった。

　昔から、人の好意には敏感だったから。彼女もまた、獲物を見るような目でいつも俺を見てきて、正直あまり関わりたくはなかった。

　ただ同じ委員である以上無下にするわけにもいかず、ほどよい距離感を保っていた。……つもりだった。

　彼女が不登校になったのは、俺と同じ委員になって１ヶ月が経った頃だった。

　どうやら、一部の女子からいじめをうけていたらしい。俺が原因で。

　俺と関わる相手が嫌がらせに遭うことは今までにもあっ

た。だからこそ、女子生徒とは深く関わらないでおこうとしていたのに……。

不登校にまで追いやられたのは、初めてだった。

しかも、どうやら彼女は俺と付き合っていると吹聴していたらしく、それを妬んだ他の女子生徒からひどいいじめに遭ったと聞いた。

もう、誰が悪いという話ではないけど……その話を聞いた時は本当にやるせない気持ちになった。

どうして……俺は関わった女性を、不幸にしかできないんだろう。

俺の接し方がよくないのか？

わからない……。

ただひとつわかるのは……きっと全部、俺のせいだということ。

俺に関わったから、みんな不幸になってしまった。

俺は今まで以上に、女性を避けるようになった。

その頃にはもうすっかり女性不信に陥っていて、はっきりと気づいたのは……。

「榊くん、名前呼ばれて──」

「触るな……!!」

俺の肩に触れようとした女子生徒に、大きな声を上げてしまった時だった。

触れられると思っただけで、悪寒がしたんだ。

「……っ、すまない」

ハッとして謝ったけれど、頭の中にいろんな光景がフ

ラッシュバックした。

　不登校になった、あの女子生徒の顔。欲のにじんだ目で俺を見る女性の顔。そして……俺を襲おうとした担任の顔。

「……っ、はぁ……はっ」

「榊くん!?　大丈夫か!?」

　呼吸が浅くなって、その日は目が覚めたら家にいた。

　また倒れたのか……俺は、弱いな。

　触れられそうになっただけで過呼吸に陥るなんて……情けない。

　こんなんじゃ、女性と関わることもできない。……できるならもう、関わりたくない。

　俺は、父と母に経緯を説明した。情けなかったが、同じようなことが起こる前に、話すべきだと思ったから。両親はすぐに、俺の事情を学校側に説明してくれた。

　学校側は女子生徒は俺に近づかないように生徒たちに説明までしてくれて、俺は平穏に学校へ通えるようになった。

　この歳になって、家の権力を使うだなんて、心底情けなかった。

　俺は弱い人間なんだと……自覚した。

　俺が生徒会加入を断ったのも、理由はいくつかあるが、一番の要因は生徒会には女子生徒もいることだった。

　自動的にLSになった俺は、仁からLOSTへの勧誘を受けた。

　最初は断っていたが、LOSTの理念を知っていくうちに気持ちが変わった。

　LOSTは、他校からの襲撃があった際に水面下で動いている。

　星ノ望学園の、陰の護衛。

　何も守れない俺にも、守れるものがあるのならと思って、LOSTに加入した。

　幸い、暴走族といってもメンツのおかげで両親はLSになったことをなにも言わなかった。

　長王院グループとも椿グループとも関わりがあったから、ふたりと交流を持つことは両親にとってむしろ喜ばしいことだったんだろう。

　今もこうして……LOSTの一員として、ふたりと一緒にいる。

　天聖が、俺の返事を待つようにじっとこっちを見ていた。

「俺は……」

　花恋のことが……好きだ。

　もう、女性のことなんて信じられないと思っていた。

　榊グループの跡取りとして、もちろん結婚をする覚悟はあるが、それも形だけのものでいい。

　そう、諦めていたのに……。

　──花恋のことは、信じられると思ったんだ。

　純粋な目で俺を見てくれる、あんな優しい女性はきっともう現れない。

　こんなふうに想える相手に出会えたというのに……その相手がよりにもよって友人の想い人だなんて……こんな運

命はあんまりだ。

「天聖、すまない……」

　座ったまま、深く頭を下げた。

「俺は……花恋を好きになってしまった」

「……」

「俺を、LOSTから除籍してくれても構わない」

　黙っていればよかったものの……押し殺すこともできなかった。

　本当に恋愛を諦めていたからこそ、俺にとって今の花恋の存在が大きすぎた。

　天聖から奪ってしまいたいと思うほど。

「……お前はうちに必要な存在だ」

　え……？

「花恋も、お前のことを頼りにしてる。……俺はあいつから、何も奪いたくない」

　そう言って、俺から顔を背けた天聖。

　こいつは……どこまでも懐の深いやつだ。

　天聖が花恋を溺愛していることは十分わかっているつもりだったから、殴られるかと思っていたのに。

「それに、あいつは誰にも譲らないって決めてるから、安心しろ」

　俺に負ける気はさらさらないってことか……。

　そうか……。

　それ以上何も言わず、出て行った天聖。

　あいつの背中が、これほど大きく見えたことはなかった。

　こんなやつに好かれて、花恋の気持ちが動くのも時間の問題だろうな。

　花恋が俺を好きになってくれるなんて思っていないし、きっと無理だともわかってる。俺の気持ちを伝えようとも思わない。

　ただ……この気持ちは、きっと消えないだろう。

　最初で最後の恋だと思う。

　今までと変わらない、優しい先輩のふりをして、そばにいることを許してくれ。

　心の中でそっと、そう呟いた。

2年Aクラス

　今日は、絹世くんと映画の約束をした日。

　駅前で待ち合わせしてから映画館に向かうことになっていた。

　駅までは家からすぐだから迷わない……と思っていたけど、案の定、道に迷ってしまった。

　待ち合わせ時間ギリギリに着くと、すでに絹世くんの姿があった。

「かれーん！　こっちだよー!!」

「絹世くん……！　待たせちゃってごめんなさい……！」

「全然待ってないよ！　待ち合わせ時間ぴったりだし！」

　笑顔でそう言ってくれる優しい絹世くん。今日も癒しのにこにこ笑顔だ。

　って、あれ……？

「仁さん……？」

　急いでいて気づかなかったけど、絹世くんの隣に仁さんの姿があった。

「おはよ、花恋」

「聞いてよ花恋！　仁くんに花恋と映画行くこと自慢したら、ついて来ちゃったんだ……！」

　残念そうに話す絹世くんに、苦笑いを返す。仁さんは気を悪くした様子もなく、いつもの優しい笑みを浮かべた。

「絹世と花恋がふたりで出かけたって天聖が知ったら、

逆鱗に触れるだろうからね。俺は監視役として来たよ」

　か、監視役？

　逆鱗って……天聖さんはそんなことで怒らないと思うけど……。

　そう思ったけど、そういえば天聖さんは絹世くんのことを警戒していた。

　監禁の一件があったから、あいつには気をつけろって何度も言われていたし……仁さんが言っているのは、そういうことかもしれない。

「それに、俺も続編観たかったしね」

　仁さんも、前作を観てくれたのかな……！

「ま、カレン同盟のメンバーで観に行くのも悪くないか〜」

　絹世くんもそう言って、にこにこ笑顔に戻っていた。

「それじゃあ、レッツーゴー！」

　絹世くんの号令を合図に、私たちは映画館に向かった。

「今日、人少ないね……？」

　休日だから、映画館は混んでるだろうと思ってたのに……。

　館内に入ってから一度も、スタッフさん以外とすれ違っていない。

　私たち以外のお客さんが、いない気が……。

「あ、今日は貸切だよ！」

「……え？」

　貸切……？　な、何を？

「また貸し切ったの？」

　仁さんが、呆れた様子でため息をついた。

「うん！　だって僕、人混み嫌いだもん！」

　ちょ、ちょっと待って。この映画館を、貸し切ったってこと……？

「それにここ、うちの会社の傘下だし、頼めばいつでも貸切にしてくれるんだ～」

　笑顔で話す絹世くんに、私は顔が引きつった。

「す、すごいね……」

　映画館ごと貸切にしちゃうなんて、と、とんでもないっ……。

　みんながお金持ちってことはわかっていたつもりだけど、やっぱり次元が違った。

　というか……。

「貸切なんてできるんだね……」

　初めて聞いたよっ……。

　撮影で貸切とかはあるだろうけど、個人的に貸し切っちゃうなんて……い、いくらかかったんだろう……。

「この前テーマパークに行った時も、天聖が貸し切るって言い出してたよ」

「えっ……！」

　仁さんから聞かされた驚愕の事実に、私は目を見開いた。

「花恋が楽しみにしてたから、貸切にするって言って聞かなかったんだ。お客さん多かったら楽しめないだろうって」

　そうだったんだ……。

　発想はとんでもないけど、天聖さんの気持ちは純粋に嬉しかった。

「でも、俺たちが必死で止めたんだ」

　仁さんたちが止めてくれて、よかったっ……。

　貸切にしなくても十分楽しめたし、絶対にもったいないよ……！

「それに、天聖と大河は特に狙われることが多いから、貸切にしたら逆に目立つからね」

「狙われる……？」

　どういうこと……？

「ふたりは跡継ぎだから。昔は誘拐未遂とかよくあったんだ」

　ゆ、誘拐……!?

　普通ではありえない天聖さんと大河さんの話に、驚いて開いた口がふさがらなくなった。

「仁くんも似たようなものだと思うけど」

「天聖と大河と、あと久世城あたりは次元が違うよ。それと、1年の京条も」

　正道くんと陸くんも……？

　ただでさえみんなすごいお家の子息ばかりみたいだけど、特にその４人は想像以上みたいだ。

「その中でも長王院くんはやっぱり桁違いだけどね……長王院グループって言ったら、世界的に有名だし」

「みんな大変なんですね……」

　天聖さんなんて、苦労しているそぶりなんて少しも見せ

ないけど……きっと私には想像もできないような環境で育ってきたに違いない。

「ま、僕はそこまでだけどね！　跡取りじゃないし、誘拐もされたことないし！　兄さんはしょっちゅう事件に巻き込まれてるけど！」

　お、お兄さんはあるんだ……。

　そんな誘拐が当たり前の世界なんて、とんでもないよ……。

　お金持ちの家も、いろいろあるんだな……。

「もう俺たちも高校生だし、自分の身は自分で守れるけどね。中学に入ってからは物騒なことに巻き込まれることもなくなったし」

　笑顔を浮かべている仁さんに、少しだけ安心した。

　星ノ望学園があそこまでセキュリティが完璧な理由が、少しわかった気がする。

「さ、ドリンク頼もう！　花恋、何飲む？」

「えっと……アップルジュース！」

　私たちは飲み物やフードを買って、上映されるスクリーンに向かった。

「貸切だと、静かだね……」

　仁さんの言葉に、うんうんと頷く。

　こんな広い場所に、観客が３人だけなんて勿体ない気がする……あはは……。

「他人と同じ空間で映画なんてゆっくり見れないよ～。あ、

花恋は他人じゃないよ！」

「俺も入れてよ」

「まあ、仁くんは一番仲良しな男友達だよ」

　あ……やっぱり、絹世くんにとって仁さんは心を許せる存在なのかな。

　なんていうか、生徒会の時と絹世くんの雰囲気が違う。

　生徒会のみんなには警戒心をむき出しにしているけど、仁さんの前ではリラックスしているように見えるというか……。

「前も思ったけど、ふたりは仲良しなんですね」

　そう言うと、絹世くんがにっこりと笑った。

「仁くんは僕にも優しくしてくれる数少ない人なんだよ〜」

　仁さんはLOSTの中でも優しいお兄さん的存在だけど、絹世くんにとってもそうみたいだ。

「生徒会の人はみーんな、僕の扱いひどいもん！」

　あはは……それは否定できないかもしれない……。

　正道くんは絹世くんの扱いが雑だし、いつもまこ先輩にも陸くんにもからかわれているから。

「それに比べて、仁くんは僕のことちゃんと人間扱いしてくれるから！」

　人間扱いという言葉に、絹世くんの優しいの基準が低すぎることを知った。

　わ、私も、絹世くんには今まで以上に優しくしようっ……！

「LOSTの人は基本的に野蛮だから苦手だけど、仁くんと大河くんだけは好きだな〜」

　あっ、大河さんとも話すのかな……？

　確かに、大河さんも人格者だし、相手によって態度を変えたりしない。

「充希くんとはできれば関わりたくない……」

　顔を青くしている絹世くんの様子から、充希さんとは仲がよくないんだと察した。

　そういえば充希さんも、絹世くんのこと自分に対してビクビクしてるやつだって言ってた気がする……あはは……。

　というか、なんだか絹世くんからみんなの話を聞くのは新鮮だ。

「みんな同じクラスなんですよね？」

　多分そうだと思うけど、ちゃんと聞いたことはない。

「花恋の知り合いは全員２－Ａだと思うよ。ただ、仲がいいってわけではないけどね」

「仲は最悪だよ～。まずLSとFSで真っぷたつに分かれてるし、基本的に関わらないもんね～」

　そうなんだ……。

　LOSTのみんなも、生徒会のみんなも好きだから、ちょっと悲しいな……。

　でも、それぞれ事情があるもんね……。

「まぁどちらかといえば、FSがLSを毛嫌いしてるって感じかな」

　仁さんの言葉に、悲しくなった。

　正道くんも、毛嫌いしてるって言ってたもんね……。

　陸くんも、まこ先輩も……。今は知らないけど、前まで

はLS生に嫌悪感を抱いていたのは事実だと思う。

「あ、でも、最近ちょっとましじゃない?」

　え……?

「そうだね。花恋が来てから……みんな少し変わった気がするよ」

　そうなの……?

「絹世も今までは引きこもってばっかりだったのに、最近はちゃんと出席するようになったしね」

「まあね!!」

　ドヤ顔で答えた絹世くんが、私を見て嬉しそうに微笑む。

「正道くんも……最近ちょっと優しくなったっていうか、楽しそうだよね」

「俺も思ってたよ。一番変わったのは、久世城と天聖だね」

　そうなんだ……。

　天聖さんはFSとかLSとか興味はなさそうだけど、正道くんが楽しそうにしているなら嬉しい。

　前は、毎日苦しそうだったから……。

「長王院くんの話はなし!　僕の天敵だから……!!」

　ぷくっと頬を膨らませた絹世くん。

　その姿が可愛くて、頬がゆるむ。

「ふふっ、はいはい。あ、そろそろ始まるね」

　席に座った時、ちょうど画面が変わった。

　予告が始まると、一気にわくわくするなぁ……。

　私はポップコーンをもぐもぐ食べながら、ふたりと映画を楽しんだ。

「続編面白かった～」

　エンドロールが流れ終わって、絹世くんがうんっと伸びをした。

　私もすごく面白かったから、ぶんぶんと首を縦に振る。

　今回はミステリー要素に磨きがかかってて、1では明かされなかった主要人物の謎も知れたり、すごくワクワクした。

　伏線回収も完璧だったし、さすが監督だ……！

「でも、やっぱりカレンのあの役がいないとね……」

　絹世くんの発言に、どきりと心臓が高鳴る。

　そう言ってもらえるのは嬉しいけど、私の役がなくてもとっても面白い続編だったと思う。

「そうだね」

「でしょ～仁くん！　カレンのおっちょこちょいな役が最高なんだよね……！　僕あの映画100回は観たもん！」

　100回……！　そういえば、ファンレターにも書いてくれてたな。本当に観てくれたんだ……す、すごい。

　立ち上がって、感想を話しながらスクリーンを出る。

「ふたりとも、この後用事ある？」

「いや、今日はないよ」

「私もないよ」

　仁さんと私の返事に、絹世くんは嬉しそうに笑った。

「やった～！　じゃあ今日は一日中遊ぼう！」

　絹世くんは仁さんと私の手を握って歩き出す。

「あ！　僕ゲームセンター行きたい！」

　ゲームセンター……！

　私はその響きに、目を輝かせた。

「僕、実は、何回かしか行ったことないんだ〜」

「わ、私も、行ったことない……！」

　いつか行ってみたいと思っていた場所だ……！

　アイドル時代は、事務所から立ち入り禁止場所に指定されてて、一度も行けなかった。

　テレビで見たり、みんなから話を聞いたりしていて、ずっと行ってみたかったんだ。

「え？　一度も行ったことないの!?」

「花恋って、前から思ってたけど箱入り娘？」

「ち、違います……！」

　ゲームセンターって、そんなに気軽に行ける場所なのかな……？

「今時珍しいね……」と言っている仁さんに、苦笑いを返した。

「よし、それじゃあゲームセンター行こっ！　僕が案内してあげる！」

　楽しみ……！

　まさかゲームセンターに行けるなんて思わなくて、気分はるんるんだ。

「ちょっと貸切にしてって連絡してみる！」

「絹世、急には無理でしょ……」

「えー……！」

　また貸切にしようとしている絹世くんだったけど、仁さ

んに止められていた。

「それに、多少人がいてもいいじゃん。楽しめるよ」

「わ、私もそう思う……！」

「ゲームセンターってガラ悪い人多いし……ま、仁くんがいてくれるからいっか！」

　納得してくれたのか、絹世くんはスマホをポケットにしまった。

副総長様

「わぁ……!!」

　絹世くんと仁さんが連れてきてくれたゲームセンターは、ドラマで見たことがある場所よりも綺麗な場所だった。

　たくさんの種類のゲーム機がずらりと並んでいて、それを眺めているだけで胸が踊る。

　すごい……!

　あちこちからさまざまな効果音が聞こえてきたり、目がチカチカするくらいどこを見ても鮮やかな光景が広がっている。

　なんだか、近未来の世界みたい……!

「ふふっ、花恋、喜びすぎだよ〜」

「目が輝いてるよ」

　私を見てふたりが笑っていて、恥ずかしくなった。

　は、はしゃぎすぎたかな……。でも、ずっと来てみたかった場所だったから、ワクワクが止まらない……!

「なんのゲームをやってみたい?」

　絹世くんがそう聞いてくれたけど、正直どんなゲームがあるかもあんまりわかっていなかった。

「あの、全然わからなくて……」

　見たことはあっても、何のゲーム機かわからないものがいっぱいっ……。

「それじゃあ、僕が説明してあげる!　れっつごー!」

　笑顔の絹世くんに、私も合わせて「ゴー！」と手をあげた。

　後ろにいる仁さんが笑っていて、なんだか子供ふたりと保護者みたいな図だ。

　仁さんもよく来るのか、ゲームセンターには詳しいみたいだった。

「これは？」

「これは全部クレーンゲームだよ。100円を入れて操作するんだ〜」

　１回100円……！　高い……！

　それに取れるかどうかわからないんだよね……？

　貧乏性な私には、ちょっと高度な遊びだなぁ……。

　あっ……。

　キョロキョロと辺りを見回していた時、あるものが目に入った。

　それは、私が大好きなごぼうのキャラクーの大きなぬいぐるみ。

　ごぼちゃんだ……！

　このひょろひょろでひ弱そうなところが小学生の頃から大好きだった。

　私はSNSでもごぼちゃんを好きだと公言していて、一昨年から引退するまで応援大使も務めさせてもらった。

「花恋、これほしいの？」

　見つめすぎていたのか、絹世くんがそう聞いてきた。

「このキャラクター、カレンが好きなやつだよね」

　ギクッ……。

「そ、そうなんだっ……知らなかった……」

　ここは知らないフリをしておこうと、笑ってごまかす。

「1回やってみなよ？」

　絹世くんはそう言って、機械に100円を入れた。

「え、お金……」

「いいからいいからっ。これで操作するんだよ！」

　わっ……すごい、自由に動かせるんだ……！

　絹世くんに教わって動かしてみるけど、これでいいのか
な……？

　ボタンを押すと、アームが下がった。

　ぬいぐるみは重たかったのか、持ち上げられずにアーム
が元の位置に戻る。

「難しい……」

「うわぁ……これはなかなかずるいね」

　見ていた仁さんが、苦笑いを浮かべている。

　1回100円は高いから、今回は諦めよう……。ごぼちゃ
ん、ごめんね……。

「ふふっ、これはそのまま取ろうとしても取れないやつか
も。僕がとってあげる！」

　絹世くんが、もう1枚100円玉を入れた。

　え……でも、これ相当重そうだし、何度やっても取れな
いんじゃないかな……？

　そう思ったけど、絹世くんは慣れた手つきでアームを操
作し、ボタンを押した。

　アームの先がタグに引っかかって、引きずられるように
して獲得口に落ちたごぼちゃん。

「すごい……！」

　あんな小さなタグの間に入れて落とすなんて……！

「やっぱり、絹世はうまいね」

「えへへ、ゲーム全般得意なんだ～」

　絹世くんはゲットしたごぼちゃんを持って、得意げに
笑った。

「はい、あげる！」

「いいのっ……？」

　嬉しい……！

　絹世くんからもらったごぼちゃんを、ぎゅうっと抱きし
める。

「ありがとう絹世くん……！　一生大事にする……！！」

「ふふっ、大げさだよ～」

　こんなに大きなごぼちゃんのぬいぐるみが手に入るなん
て……ゲームセンターはいい場所だっ……。

　その後も、私たちは少しずつゲームを遊びながら奥に進
んでいった。

「絹世くん、あれは何？」

　まるで、乗り物のような大きなゲーム機があった。

「これはアトラクションみたいなやつだよ」

「ゲームセンターって、こんなのもあるんだ……！」

「俺も響と1回やったけど、楽しかったよ。3人でやって
みる？」

「はい……！」

　ゲームセンター、とっても楽しい……！

「花恋、次はこれしよ！」

「うんっ！」

　ドライブのゲームに座り、みんなで始めようとした時、仁さんのスマホが鳴った。

「あ、ごめん、電話きたからちょっと外すね」

　ゲームセンターの中は騒がしいから、外へ出ていった仁さん。

「仁くん待ってよっか！」

「うん！」

　椅子に座りながら仁さんを待っていると、何やら数人の男の人たちが近づいてきた。

「おい、お前らふたりで何やってんの～？」

　え……な、何……？

　怖そうな顔をした、体格のいい5人の男の人。

　高校生なのか、学ランを着ている。

「地味カップルですか～？」

　にやにやしながら、私たちを見下ろしてくる5人に怖くなった。

「……何？」

　あれ……？

　絹世くんも怯えているかと思ったのに、絹世くんは怖い顔でその人たちを睨み返していた。

　いつもとは違う絹世くんの目には、静かな怒りが宿って

いる。

「おー、不気味なガキだな〜」

「なあ、俺ら金ねーんだよ。お前たちの財布くれね？」

「無理」

　きっぱりと言い放った絹世くんに、私はひやひやした。

　だ、大丈夫かなっ……こんな怖そうな人たち……手をあげられたりしない……？

　絹世くんを連れて、逃げたほうがいいかもしれないっ……。

「……おい、てめぇさっきから生意気な態度とってんじゃねーぞ……！」

　案の定その人たちも怒りだして、大きな声を上げた。

　絹世くんはそれにもひるむことなく、立ち上がって相変わらず睨み目を向け続けている。

「……何？　他人から金巻き上げるやつらに対して、どうしてへりくだらなきゃいけないわけ？」

「ああ？　誰に向かって、そんな口叩いてやがる」

「お前だよ、見るからにバカそうなお前」

　き、絹世くん……！

　5人とも、絹世くんの煽りに完全に目が怒りモードになっていた。

　ど、どうしよう……！

「その舐めた態度どうにかしろや……！」

　真ん中の一番怖そうな人が、手を振りあげた。

　絹世くんが殴られる……！

　とっさに止めに入ろうとした私より先に、後ろから伸び
てきた手。

　──ガシッ。

「……ストップ」

　仁さんが、強面さんの手を止めた。

　それも、重そうなパンチを軽々と受け止めた。

「俺の友人が何かした？」

　いつもの柔らかい笑顔を浮かべながら、そう聞いた仁さ
ん。

「あ？　……っ、いてぇな……！　なんだこいつ……」

　仁さんに握られた手が痛かったのか、殴ろうとした人が
顔をしかめている。

　戦力にもならない私はどうすることもできず、ひやひや
しながら行方を見守った。

　こ、このまま、喧嘩になっちゃうのかなっ……。

　仁さんは強いって聞いたことがあるけれど、相手は５人
だ……。人数だけでも、こっちが不利に決まってる。

　やっぱり、ここは逃げたほうが……。

　そう思ったけど、私はなにやら様子がおかしいことに気
づいた。

　真ん中の人以外の４人が、仁さんを見ながら顔を真っ青
にしている。

「ひっ……あ、兄貴、逃げましょう……！」

　え……？

「あ？　なんでだよ」

　兄貴と呼ばれた真ん中の強面さんは、不機嫌そうに顔を
しかめた。
「こ、こいつ、星学の椿ですよ……！」
「へっ……」
　さっきまで怖い顔をしていた強面さんの顔が、みるみる
他の人と同じ青色に染まっていく。
「す、すみませんっした……!!」
　な、何が起こってるの……？
　強面さんが、土下座をしてから逃げるように走り出した。
　他の人たちも、悲鳴をあげながら私たちの前から姿を消
した。
「はぁ……ここのゲームセンターは治安よさそうだと思っ
てたけど、ああいうのも出入りしてるのか」
　5人が去っていって、仁さんがため息を吐き出した。
　ど、どうして、逃げていったの……？
　どう考えても、逃げるべきは私たちのほうだったの
にっ……。
『こ、こいつ、星学の椿ですよ……！』
　椿って、仁さんのことだよね？
　仁さんの名前を聞いただけであんな怖そうな人が顔を
真っ青にするなんて……仁さんって、一体何者なんだろ
うっ……？
「へへっ、情けないね～」
　絹世くんが、5人が去っていったほうを見ながら鼻で
笑った。

「おい絹世、お前も気をつけろよ。どうせあいつら煽るようなこと言ったんでしょ」

　仁さんはお見通しなのか、呆れた様子で絹世くんを見ている。

「別にあんなヤンキー怖くないもん。父さんのパンチのほうが何倍も痛いね。それに、僕ああいうやつらが一番嫌いなんだよ。力でねじ伏せられると思ってる低脳なやつらが」

「お前……その度胸を学校で発揮してくれ」

　確かに、さっきの絹世くんはどうしてあんなに攻撃的だったんだろうっ……。

　いつもみんな怖いって怯えてるのに。

　私からしたら、さっきの人たちのほうがよっぽど怖かったと思うよ……！

「学校は怖いよ……！　みんな悪口ばっかり言ってくるもん……！　それに、僕だって多少は戦えるしね」

　どうやら絹世くん的に、怖いのは力よりも言葉みたい。

「ていうか、やっぱり仁くんはまだまだ恐れられてるんだね〜」

　まだまだ……？

「……やめてくれ」

　いつも何を言われても笑顔でかわしている仁さんが、珍しく嫌がっている姿に首をかしげる。

「あの……仁さんって有名なんですか？」

　さっきの人たちも、名前を知ってたみたいだし……。

「そうだよ〜！　仁くん、中学の時はここら一帯のヤンキー

をまとめてたんだ！」

　えっ……！

　LOSTが暴走族だってことはもちろん知っているけど、具体的にどんな存在かを聞いたことはなかった。

　ここら一帯をまとめてたって……仁さんが？

「今はこんな優し～感じだけど、前はもう見た目からいかつくて、怖かったんだよ～。口も悪かったしね」

　絹世くんのことを疑うわけじゃないけど、今の仁さんしか知らない私には信じられなかった。

　こんな温厚で紳士で善人の仁さんが、怖い……？

「やめて絹世……」

　本気で嫌がっている様子からして、絹世くんが言っていることは事実みたい。

　こ、怖い仁さんなんて、想像できないなっ……。

「ふふっ、あの頃の仁くんはとがってたな～」

「……若気の至りだよ」

　仁さんはそれ以上聞かれたくないのか、恥ずかしそうに頭をかいていた。

　さっきの人たちの脅えようも異常だったし……仁さん、相当強かったのかな……。

　人を殴ったことがなさそうな優しい仁さんが、LOSTの"副総長"を務めていることを不思議に思っていたけど、適任だったのかもしれない。

　私の知らない仁さんの過去に、驚いて少しの間、開いた口が塞がらなかった。

確信

　その後も、3人でいろんなゲームで遊んだ。

「あ～、満足～！」

　たくさん遊んで、絹世くんはご機嫌だ。

　私も楽しいゲームばかりで、初めてのゲームセンターをこれでもかってくらい満喫した。

「そろそろ出ようか」

　仁さんの言葉に、こくりと頷く。

　またみんなで来たいなっ……。

「それじゃあ、次は～……」

　まだお昼の3時だったから、どこに行こうかと悩んでスマホを取り出した絹世くん。

「げっ……」

　画面を見て、顔をしかめた絹世くんに「どうしたの？」と聞く。

「兄さんから着信が……15件も来てる……」

　じゅ、15件……！

「なんかあったのかな……いやでも、どうせいつものダル絡みだろうし……」

　絹世くんはかけ直そうか悩んでいるのか、青い顔でぶつぶつ呟いている。

「うわっ……ま、またかかってきた……！」

　スマホを落としそうになるほどびっくりしている絹世く

んは、画面とにらめっこしている。

「ちょ、ちょっと待ってね……」

　出る決意をしたのか、私たちにそう言って背を向けた。

「に、兄さん、何っ……？」

　私と仁さんは、電話している絹世くんをじっと見守る。

　大丈夫かな……？

「え……きょ、今日は忙しいんだ……！　ちが……べ、勉強だよ！　え……どうしてそんなこと知って……」

　絹世くんの顔が、みるみる青くなっていく。

「い、いやだ……！　家には顔は出さないってば……！　と、とにかく、探さないで……‼」

　大きな声で言い切って、スマホを耳から離した絹世くん。

「ごめん……僕、寮に帰る……！」

　私たちを見ながら、謝ってきた絹世くん。

「映画館を貸切にしたことがバレてて、遊ぶ暇(ひま)があるならたまには家に帰ってこいって言われたんだ……」

「お兄さん、久しぶりに絹世くんに会いたいんじゃないかな？」

　15回も連絡してくるなんて、よっぽど絹世くんが心配に違いない。

　そう思ったけれど、どうやら私の予想は間違っていたらしい。

「違うよ……兄さんはね、ストレスの発散のために僕で遊びたいだけなんだ……！」

　絹世くんの発言に、驚愕(きょうがく)した。

「昔から、それはもう数々の嫌がらせをされたよ……今も捜索されてるみたいだけど、兄さんに捕まるなら死んだほうがましだ……！」

　ひ、ひどいっ……。

「寮は学生以外立ち入り禁止だから、一番安全なんだ。せっかく付き合ってくれたのにごめんね……！」

　絹世くんは早口でそう言って、全速力で走っていった。

「絹世くん、大変そうですね……」

　お兄さんに嫌がらせされてるなんて、かわいそうすぎるよっ……。

「あいつの兄さん、本当に性格がねじ曲がってるみたいだから……」

　仁さんもお兄さんのことを知っているのか、あははと乾いた笑みをこぼしている。

　仁さんがそう言うってことは、相当ひどいお兄さんなのかもしれないっ……。

　絹世くん、大丈夫かな……？

「心配しなくても平気だよ。寮は保護者でも入れないんだ。絹世は逃げ足だけは早いし、うまく逃げきるよ」

　そっか……。仁さんの言葉に、少しだけ安心できた。

「ってことで、まだ時間あるならふたりで美味しいもの食べに行かない？」

　美味しいもの……!?

「はい……！」

　私が食事のお誘いに、乗らないはずがない。

　何度もこくこくと頷く私を見て、仁さんが笑った。
「それじゃあ、行こっか？」

　仁さんが連れてきてくれたのは、私でも知っている有名なホテルの中にある高級レストランだった。
　ま、また高そうなところっ……。
　広い個室に案内されて、キョロキョロと見渡してしまう。
　天聖さんもだけど、いつも個室だ。
「仁さんも、個室とかのほうが安全なんですか？　さっき狙われるって言ってましたけど……」
　絹世くんが、仁さんのところもすごいみたいなことを言っていたから、普通のレストランではゆっくりご飯も食べられないのかもしれない。
　そういえばこの前、遊園地の園内で食べた時も、大きな個室だった……。
「まあ、それもあるけど……今日は誰にもじゃまされず、花恋とゆっくり話したかったんだ」
　そう言って、微笑んだ仁さん。
　仁さんが、私とゆっくり話したいことなんてあるのかな……？
　私は仁さんと話しているのは楽しいけど、仁さんがそうとは限らないし、私と話していてもそんなに面白くないと思う。って、なんだかすごくネガティブなやつみたい。
　ただ、仁さんの発言が、意味深だったように感じたんだ。
　……きっと、気のせいだよね。

「美味しいです……！」

「よかった」

「絹世くんとも一緒に食べたかったですね」

　みんなで食べたほうが、より一層美味しいだろうから。

「そうだね。絹世のやつ、逃げ切れたかな」

　心配そうに、スマホを確認した仁さん。

　絹世くんからの連絡は、まだないみたい。

「すごい強引なお兄さんみたいですね……」

　ストレス発散のはけ口に絹世くんを使うなんて、ご、極悪だっ……。

「……花恋も、妹や弟がいるんだよね？」

　仁さんが、そう聞いてきた。

「はいっ！」

「写真とかあったりしない？　見てみたいな」

　写真？

「ありますよ！」

　もちろん、たくさんある。

　私のカメラロールは、ほとんど妹と弟の写真ばっかりだから。

「毎日メッセージのやりとりしてるんです！　これ、この前送ってきてくれたやつです！」

　私はそう言って、みんなが写っている写真を見せた。

　みんな私が心配しないようにって、定期的に写真を送ってくれるんだ。

　本当に優しくて、姉思いの弟妹たちっ……。

　私が見せたスマホ画面を見て、一瞬目を細めた仁さん。

「……もう少し前の写真とか、ない？」

「え？」

　どうしてそんなこと聞くんだろう？

　もう少し前の写真って……。

　不思議に思ったけど、カメラロールを遡って探してみる。

　すると、下から2番目の弟は可愛くピースをしている写真を見つけて、思わず顔がほころんだ。

「これは3年くらい前です！　まだ弟が小さい時で……すごく可愛いんです！　見てください！」

　私的にベストショットはこれだ。

「もちろん、今も可愛いんですけどね」

　今は今、昔は昔の可愛さがある。

　とにかく、弟妹たちが可愛いことには変わりはない。

「……やっぱり……」

　やっぱり？

　ぼそっと、呟いた仁さんの言葉に首をかしげる。

　仁さんは写真を見て、目を大きく見開かせていた。

　仁さん……？

「今日俺が来たのはね、絹世とふたりきりにさせないって目的もあったけど……もうひとつ、確認したいことがあったんだ」

「確認したいこと？」

　一体、何……？

　どくどくと、心臓が嫌に高鳴っている。

　胸騒ぎが止まらなくて、仁さんの返事をじっと待った。

　仁さんは……私を見つめて、ゆっくりと口を開いた。

「花恋は……あのアイドルの、カレンだったりする？」

　……っ。

　どうして……。

　カレンの話題なんて、一言も出していなかったのに。

　今の会話のどこで、それに気づいたの？

「……カレンなんだよね？」

　仁さんの言い方は、私を試すような曖昧なものじゃな

かった。

　確信をもって、私に聞いてきているんだとわかる。

　どうして、私がカレンだと気付いたのか全くわからず、

頭の中は混乱していた。

「違いますよ！　私はただのファンで……」

「ごめん、もう今ので確信したんだ」

　私が言い切るより先に、そう言った仁さん。

　今のって……？

「俺、花恋の弟妹に会ったことがあるんだよ」

　仁さんは真剣な眼差しで、私を見つめていた。

　え……？

　そういえば……。

『家の借金を返済するために、弟妹のためにアイドルになっ

たって聞いて、すごいなって……』

　前に、仁さんに言われた言葉を思い出した。

　あれは……そういう意味だったの？

　私の弟妹にって……そんなことある？

　でも、仁さんが嘘をついているようには見えなかった。

「君は、アイドルのカレンなんだよね？」

　ごくりと、息を飲む。

　仁さんの瞳から視線を逸らせなくて……私は何も言えなくなってしまった。

正反対

【side 仁】

　4年前。中学1年だった俺は、わかりやすく、反抗期というやつを迎えていた。

　今となっては、消し去りたい過去。

　とにかく周りのすべてに反抗して、荒れていた。

　そんな時、俺の人生を変える出会いがあった。

　椿家の長男として生まれた俺は、物心ついた時から英才教育を受けさせられ、周りにはいつも数人の護衛がつけられていた。

　学校では勉強、家でも椿家の跡取りとして学ばなければならないことがたくさんあり、自由なんてなかった。

　名家に生まれたからといって、幸せとは限らない。

　どこへ行っても、椿仁斗としてではなく、椿家の跡取りとして見られていた。

　それが次第に心の負担になってきて、いい子を演じるのも疲れてきたんだ。

　鬱憤がたまり続け、ついに感情が爆発したのは、初等部6年の頃。

「仁、お前は椿家の跡継ぎとしての振る舞いを……」

「……うるさい」

「何？」

「毎日毎日毎日、同じことばっかうるせぇっつってんだよ!!」

　初めて父親に口ごたえして、それからはもう暴言が止まらなかった。

「好きでこんな家に生まれたんじゃねぇ!!」

「仁ちゃん、落ち着いて……!」

「俺はお前らの望むような息子にはならない、椿の名前なんてどうでもいいからな。いい子ちゃんな息子が欲しいなら養子でも取れよ!!」

　それから、親とはまともに口をきかなくなって、学内での生活にも変化が起きた。

「あいつ、椿グループの御曹司だろ」

「いいよなぁ……将来有望で、顔もいいとか……人生楽だろうなぁ……」

「苦労なんか味わったことないんだろうな、羨まし〜」

　遠くから俺を見て、何か言っている声が聞こえる。

　こんなことを言われるのは慣れていたし、いつもなら無視をするけど、その時の俺は感情を抑えられなかった。

　立ち上がって、そいつらのもとに行く。

　俺はリーダー格のような男を、勢いのまま殴った。

「きゃぁああ!!!」

　女子生徒の怯えたような悲鳴が上がった。

　殴られたやつは、床に転がったまま痛そうに顔を押さえている。

　一緒にいたやつらはみんな、顔を真っ青にして逃げるように俺から距離をとった。

　陰で愚痴を言うことしかできないようなやつらは、揃いも揃って臆病者ばっかりだ。

「……わかったような口聞いてんじゃねぇぞ」

「す、すみません……っ、ゆ、許してくださいっ……！」

「ビビるなら最初っから喧嘩売ってくんじゃねーよ」

　そう言って近くの椅子を蹴ってから、教室を出た。

　もうあんな空間、１秒もいたくなかった。

　今までは素行にも気をつけて優等生として過ごしていたが、それ以来学校では気に入らないことがあれば喧嘩をするようになった。時には中学生とやりあうこともあった。

　幼い頃から柔道や空手など、武道一式を習得させられていた俺は、自分よりも体格のいい年上相手でも負けはしなかった。

　鬱陶しい人間がいたら、力でねじ伏せればいい。そう思うようになって、たびたび問題を起こしては、それを親がもみ消していた。

　他校のやつとも頻繁に喧嘩をして、いつの間にか名前も知れ渡った。

　星学の椿。力試しのつもりか俺に喧嘩をふっかけてくるやつも増え、不良と呼ばれる存在になっていた。

　その時の俺は多分、誰にも構われたくなかったんだ。

　俺は子供じゃない。誰かに守ってもらわなくても、自分のことは自分で守れる。それを証明するために、喧嘩ばか

りしていた気がする。

相手をねじ伏せては、自分は強い人間だと勘違いしていたんだ。

椿の家の名前がなくたって、俺はひとりで生きていける。俺は強いって。

中等部に上がって、親から離れたくて選んだ寮生活。

家より随分狭かったけど、親に会わない環境は快適だった。

相変わらず、夜な夜な外に出ては喧嘩ばかりしていた。

両親もそんな俺に愛想を尽かしたのか、直接何かを言ってくることはなかった。

教師も俺に呆れている中、唯一俺に文句を言ってくるやつはいたけど。

「おい仁、お前また問題を起こしたのか」

「……」

「聞いてるのか？」

「うるせぇな大河、話しかけてくんなっつってるだろ」

幼い頃から付き合いのある大河。

他のやつが俺を避ける中、大河だけは俺のことを気にかけてくる。

その時は、それが鬱陶しかった。

「おい仁、今日は鑑賞会だ」

わざわざ朝から俺の部屋まで起こしにきた大河に、舌を鳴らす。

「勝手に入ってくんな」

「お前、どうせサボる気だろう。早く用意しろ」

　俺の布団をはいで、制服をベッドに投げてきた大河。

「……殺されたいのか？」

「俺とお前の力量差は同格くらいだろう。できても共倒れだろうな」

　軽く笑っている大河に、腹が立って仕方ない。

　こいつの言っていることが間違っていないから、なおさら苛立つ。

「早く着替えろ」

「いかねーって言ってるだろ」

「強制登校日だ。欠席すれば進級できないぞ」

「どうでもいい」

「……ちっ、もういい。勝手に運ぶから眠っておけ」

　いつまでも動こうとしない俺にしびれを切らしたのか、大河が俺の頚動脈を叩いた。

「お前……」

　くそッ……。

　俺はそのまま意識を手放し、目が覚めたら知らない場所に座っていた。でっかいホールの観客席。どうやら俺は意識が飛んでいる間に、ここに連れてこられたらしい。

　隣には、笑みを浮かべている大河の姿が。

「お前、俺が目覚まさなかったら訴えられてたぞ」

　こいつに武術の心得があるのは知っているが、頚動脈を叩くのは危険な行為だ。

「椿グループと榊グループの衝突か。それは面白いかもしれないな」

　ふっと笑っている大河に、これ以上何もいう気が起きなかった。

　こいつも、俺と同じような人生を歩んできたと思う。

　榊家の人間として育てられ、自由なんてなかっただろう。それでも、こいつは俺とは違ってぐれなかった。

　いつまでも良い子を演じ続けている大河が、俺は苦手だ。

「ここどこだよ」

「鑑賞会のホールだ。もう始まってる」

　大河の言う通り、前のホールではよくわからないダンスが繰り広げられている。

「終わるまで座っているだけでいい。それくらいならお前にもできるだろ？」

　もう帰るのもだるくなり、椅子に座ったまま寝ることにした。

　どうせ帰ろうとしても、大河に引き戻されるだけだ。

　俺のことなんて放っておけばいいのに、こいつはどうしてそこまで俺にかまうんだ。

　ただただうざい……。

「12歳、タカプロ所属のカレンです！」

　寝ようと思った時、ステージのほうから聞こえた高い声。

　あまりに綺麗な声に、思わず閉じていた目を開いた。

　視界に入ってきたのは、アイドルのような衣装を着た、綺麗な女。

　本当に、今まで見た中で一番と言っていいほど華やかな容姿をしていた。

　長い鮮やかな薄紫色の髪は艶やかで、線が細く衣装映えするスタイルの良さ。顔は遠目からでもわかるほど小さく、愛らしく大きな目。

　思わず見入ってしまった自分に気づいて、慌てて視線を逸らす。

　12歳……。もう3月だから、多分年下か。

　小6でソロアイドルとか……。

　まあ、あれほど整った顔をしていたら、芸能界も放っておかなかっただろうとは思うけど……。

「少しでも、元気を届けられていたら嬉しいです！」

　楽しそうに笑うその少女。

　観客が彼女に見惚れている中、俺は不思議で仕方がなかった。

　俺以上に、自由がなさそうなその女が……どうしてそんなに笑顔でいられるのかが。

　かわいそう。

　見た目と、アイドルっていうブランドでしか見られてないんだろうな。

　……家の名前でしか見られない、俺たちと同じように。

　それから数ヶ月が経って、中学2年に進級した。

　休日。スマホが壊れたから、新しい機種を買いに行っていた。

　店を出ようとした時、店外のポップが目に入った。

　……こいつ、あのカレンとかいうアイドルか。

　スマホ会社のCMに出ているのか、笑顔の写真が貼られている。

　あの日から……こいつをテレビやネットで見かけることが多くなった。

　この前も、街中にでっかいポスターが貼られていた。

　というか、今までは名前も存在も知らなかったから入ってこなかっただけだろうけど。

　あの美貌に加えて、愛嬌のある笑顔と小学生とは思えないパフォーマンス力があれば、あっという間に人気になるだろう。もうすでに人気なんだろうけど。

　まあ、俺には……関係ない。一生関わることのない相手だろう。

「うわぁあああん!!」

　……は？

　泣き声が聞こえて下を見ると、幼稚園児くらいのガキがいた。

　鬱陶しいと思いながらも、泣きわめいている子供を放っておくほど俺も落ちてはいない。

「……おい、何泣いてんだよ」

　しゃがみこんで、ガキに問いかける。

「おねえちゃんたちと、はぐれちゃった……」

　迷子か……。

「ちっ、鬱陶しいから泣くな」

　俺はそいつを抱えて、周りを見渡した。

　迷子センター的なのどこだ……。

「もうおうちに帰れないぃ……！」

「アナウンスかけたらすぐに見つかるだろ」

「ほんと？」

「ああ。だから泣くな」

　そう言えば、ガキは「わかった……」と言ってごしごしと目をこすった。

「お兄ちゃん、怖いけどいい人……！」

「……お前、バカ正直なガキだな」

　……まあ、ガキはそのくらい素直でいい。

　迷子センターと書かれた標識を見つけ、そっちの方向へ進んだ。

　その途中、電器屋の前に置かれていたテレビに視線が止まる。

　またこいつ……。

　映し出されていたのは、カレンってやつが歌っている映像。ライブの動画かなんか。

　いちいち気にしてしまう自分も嫌で、通り過ぎようとした時、抱えているガキが声を上げた。

「あ！　お姉ちゃんが出てる!!」

　……お姉ちゃん？

「見て、僕のお姉ちゃん！」

　ガキが、テレビの画面を指差してそう叫んでいる。

　どういう意味だ……？　実の姉？

　いや、そんなわけないだろ。多分、テレビのお姉ちゃん的な言い回しなはずだ。

　そう思ったけど、このガキの顔が、若干カレンに似てなくも……ないような気がした。

「……本当の姉貴か？」

　俺の質問に、ガキが笑顔で頷く。

「うん！　一番上のお姉ちゃんだよ！　買い物に一緒に来たのは、二番目のお姉ちゃんだけど！」

　こいつが……あのカレンっていうやつの弟？

　そんな偶然ありえないだろ。

　でも、こんなちっせーガキがわざわざ嘘をつくとも思えない。

　本当なのか……。

「お姉ちゃんはね、本当は目立つのが苦手なんだ〜。でも、パパのしゃっきん？を返すためにアイドルになったんだって」

　……は？

　父親の借金？

　……ちょっと待て、そんなこと俺に言ってもいいのか？

　多分こいつも、借金の意味はわかってなさそうだけど。

　つーか……それがマジの話なら、大問題だろ。

「……それも本当か？」

「パパとママが話してたからほんとだよ！」

　ガキの目は澄んでいて、嘘をついているようには見えない。

　借金返済のためにアイドルって……。

　しかも、なりたくてなったわけじゃないのか？

「あっ、でもこれは内緒なんだった……」

　思い出したように、自分の口を押さえたガキ。

　……だろうな。

「お兄ちゃん、これ絶対に内緒にしてね……！　お姉ちゃん、えっと……ますこみにバレたら困るって、口癖だから……！」

　マスコミって……そりゃあ、そんな理由で芸能界に入ったのだとしたら一大スクープだ。

　でも、そっちのほうが話題性になるから売れるかもしれない。

　家族のために頑張ってるアイドルだって。……俺だったら、胡散臭すぎて応援しないけど。

「花恋お姉ちゃんはね、とっても優しいんだ～」

　目を輝かせて、話をしてくるガキ。

「いつもね、僕たちにたくさんお土産買ってきてくれるの～」

「……」

「それにね、いつも電話でたくさんお話ししてくれるし、他のお姉ちゃんとお兄ちゃんは僕に怒るけど、花恋お姉ちゃんには怒られたことないっ」

「……」

「みんな、花恋お姉ちゃんが一番好きなんだ～」

　アイドルというより、女に対して偏見がある俺にとって

は、それは結構衝撃的な話だった。

　このガキの話が本当なら、カレンってやつは家族のために
にアイドルになって、それを美化することもなく隠して、
家族を養いながら芸能活動も頑張ってるってことだ。

　そんなこと……できるのか……？

　まだ中学に入ったばっかの女だぞ……。

　それに……しんどすぎるだろ、普通に考えて。

　あいつを見て、自由がなさそうだと感じたことを思い出
した。

　あいつは俺が思っている以上に、厳しい環境にいるのか
もしれない。

「お前の姉貴は……泣いたりしないのか？」

「え？　花恋お姉ちゃん？　泣いてるのは見たことないか
な……いっつも笑顔！」

「親に反抗したりしないのか？」

「お姉ちゃんが怒ってるところなんて見たことない
よっ……」

　……おかしいだろ……。

「花月（かづき）！」

　頭の中が混乱していた時、遠くから女の声がした。

「あ！　花奈（かな）お姉ちゃん……！」

　どうやら、探していた姉が見つかったらしい。

　俺はガキをその場に下ろすと、ガキは姉貴のもとに走っ
ていった。

「もう！　勝手に歩きまわったらダメだって言ったで

しょ！」

「ご、ごめんなさいっ……」

　早速怒られている姿に、少し同情する。

「この子がすみませんでした……！」

「いや……」

「お兄ちゃん、ありがとう！　またね！」

　姉貴に手を繋がれて、笑顔で去っていったガキ。

　俺は少しの間、その場にぼうっと立ち尽くしていた。

　その日から俺は、カレンのことが気になって仕方なくなった。

　喧嘩をする気にもなれなくて、寮で何もせず過ごすことが増えた。

　……わからない。

　あのガキから聞いたカレンは、理想の姉そのものだった。

　理想を押し付けられて、それから逃げて反抗している俺にとっては、あいつがどうしてそこまでして他人の理想通りに生きられるのか、まったく理解できない。

　だからこそ……気になって気になって仕方なかった。

　本当は、アイドルなんてしたくないんじゃないか？

　家族なんていなくなればいいって、思ってるんじゃないのか？

　どうしても……あいつの本音が気になった。

　……で、俺はなんでこんなところまで来たんだろう。

握手会会場と書かれているホールの中に入り、列に並びながら頭がおかしくなったかと自問自答した。

偶然、握手会というものがあるのを知り、家の使用人に頼んでチケットを取らせた。

握手をしたい気持ちは微塵もないし、俺はただ……確かめたかっただけ。

それにしても、聞きたいから会いに来るとか……自分にそんな行動力があったことに驚いた。

俺の番が近づいてきて、やけに緊張している自分がいた。

順番が迫るにつれ、こんなところまでわざわざ来るんじゃなかったという後悔にも襲われる。

というか、確認したいからって、俺は何を聞くつもりだ？

まず、何を確認したいんだ？

自分の考えすら、まとまっていないことに気づく。

「次の方〜」

考えているうちに俺の番になり、呼ばれるがまま中に入った。

中には、やたらとリボンがついた衣装を着ているアイドルのカレンがいた。

……っ。

この前、ステージで踊っているこいつを見て、驚くほど綺麗だと思った。

でも……近くで見ると、さらにその見た目の美しさに驚愕する。

こいつ……本当に、実在する人間なのか……？

　目の前にいる相手にそんなことを思うなんておかしいのはわかっているけど、こいつを前にしたらきっと誰だって同じことを思うはずだ。

　多少は聞きたいことを考えていたはずが、一瞬で頭の中が真っ白になった。

「どうぞ、前に進んでください」

　立ち尽くしていると、スタッフに声をかけられハッとする。

　気になったのは、スタッフが慣れている様子だったということ。

　多分、今の俺みたいに、ほとんどの人間はこいつを前にして動けなくなってしまうんだろう。

　惚けていた自分が恥ずかしくなり、俺はそいつの前へ歩み寄った。

「握手会は初めてですか？　来てくれてありがとうございます！」

　自分だけに向けられた笑顔に、心臓が痛いくらい跳ねあがった。

　この世のものとは思えないほど綺麗だった。

　ただ……やっぱり、俺にはわからない。

「そんなずっと笑ってて、疲れないか？」

「え？」

「いい子ちゃんのアイドルして……」

　……違う、そうじゃない。

　そんなことが言いたかったわけじゃない。

　こいつが頑張っていることは確かで、俺はそれを否定できるような人間じゃないから。

　むしろ、全部から逃げて、いつまでも反抗して、周りに迷惑をかけているただの子供だ。

　だから、俺が聞きたいのは……。

「大丈夫ですか？」

　カレンが、心配そうに俺の顔を覗き込んできた。

「そんなことを聞くってことは……あなたが疲れてる証拠です」

　は……？

　疲れてるのは、お前だろ……。

「あなたが、少しでも笑顔になってくれますようにっ」

　俺の手を握ったカレンは、俺を見つめたまま微笑んだ。

　一切の陰りがない、眩しい笑顔だった。

　その笑顔を前に、俺は自分のことしか考えていない自分自身が心底恥ずかしくなった。

　それと同時に気づいた。俺は多分、こいつのように頑張れる方法が知りたかったんだって。

　俺は自分の環境を恨んで、反抗して、そして逃げている。

　学校からも親からも、そして椿グループの跡取りっていう重荷からも。

　それに比べて、こいつは真逆だ。

　家族のために働いて、笑顔を振りまいて、すべてを受け入れて向き合っている。

　どうやったら……こいつみたいになれるんだろう。

「終わりです」

　係の声がして、ハッとする。

「よかったらまた来てくださいね！」

　カレンは笑顔で手を振ってきて、それ以上は何も言えなかった。

　俺が立ち去ろうとした時、「あ！」と声をあげたカレン。

「それと……私は疲れてなんていないですよ！　応援してくれる人のおかげで、毎日元気いっぱいです！」

　俺はその笑顔を、直視することができなかった。

　眩しすぎて。かわい……すぎて。

「いつも元気をありがとう！」

　別に俺、ファンじゃないけど……。

　そう思いながら、軽く頭を下げて逃げるように立ち去った。

　いや……なんで頭下げてんだよ……。

　自分自身につっ込みながら、帰り道を歩く。

　結局聞きたいことはちゃんと聞けなかったし、理由もわからなかったけど、心は晴れ晴れとしていた。

　１日に何人ものファンと握手して、ああやって話して、疲れるだろうな。

　それなのに、あいつは笑顔を絶やさずに……。純粋に、すごいと思う。

　俺も……そろそろ、こんな生活はやめよう。

　──ブー、ブー。

　電話？　……ちっ、母親から……。

　普段なら絶対に出ないが、今日はなぜか出る気になった。

「……もしもし」

『えっ、仁ちゃんが電話に出てくれるなんて……！』

　甲高い声が聞こえ、スマホを耳から遠ざける。

「……何？」

『元気にしてるかなって心配になったの……！　この前も学校のお友達とけんかして、大事になったって……お父さん、もみ消すのに必死だったんだから〜！』

　一応、星ノ望学園では暴力行為は即退学。

　もちろん、高等部には暴走族もあるらしいし、裏では暴力事件なんか珍しくないだろうけど、この前、俺は結構な規模の喧嘩をした。

　目撃者もいただろうし、今普通に学校に通っているってことは……両親が相手の親にも話をつけたり動き回ってくれたんだろう。

　まあ、もとはと言えば相手が喧嘩をふっかけてきたのが原因だけど。

「……ごめん」

　親に反抗し始めてから初めて、謝罪の言葉を口にした気がする。

　なんかもう、反抗するほうがカッコ悪く思えてきたから。

『えっ……仁ちゃんが謝った……えええ！！』

「……うるせぇな」

『パパー！！　仁ちゃんがいい子になってる〜！！』

　その時、電話越しに聞こえた母さんの泣き声に、笑った
ことを覚えている。

　俺は一体何に反発してたんだろうって、バカバカしく
なって……それからは、俺なりに努力して今の俺があった。

　俺はあの日から、カレンを目標に生きてきた気がする。

　アイドルとしていろんな人に幸せを届けて、家族を大切
にして、少しも弱みを見せずにいつだって笑顔で頑張って
いるカレン。

　俺は一ファンとしてカレンを応援するようになったし、
カレンのおかげで両親との溝もなくなった。

　……俺はカレンに救われたんだ、本当に。

　アイドル相手に恋なんてって自分でも呆れたけど、どう
しようもなく好きだった。

　それこそ、写真越しですら目を合わせられないくらい。

　君のおかげで今の俺があるんだと、いつか目を見て伝え
ることができればいいなと思っていた。

　まさかその相手が──同じ高校の生徒として、現れるな
んて思ってもいなかったけど。

大好きな先輩

「君は、アイドルのカレンなんだよね？」

　仁さんの言葉に、息を飲んだ。

　否定するための言葉を考える以前に、きっともう誤魔化せないという諦めの気持ちのほうが大きい。

　仁さんが、嘘をついているようには見えなかったから。

「あの、私の弟妹に会ったっていうのは……？」

　それは、どういうことなんだろう……？

「本当に偶然なんだ。ショッピングモールで迷子になってて……それで、偶然カレンの映像が流れてて、そこで聞いた。花月って呼ばれてたよ」

　花月は、下から二番目の弟の名前だ。

「お姉ちゃんは、父親の借金を返すためにアイドルになったって」

　あ……。

「それで、知っていたんですね……」

　やっと辻褄があった。

　一体誰から聞いたんだろうと思っていたけど……花月が口を滑らせちゃったんだ、はは……。

　もう1回、私のことは人に言わないようにってきつく言い聞かせておかないと。

　借金のことがバレたら、お父さんが批判されてしまう。それが嫌だから、ずっと隠してきた。

「……否定はしないんだね」

　仁さんの言葉に、苦笑いを返す。

「仁さん相手に、ごまかせる気がしなかったので……」

　ここまで知られているならもう嘘はつけない。

　またひとり、バレてしまった……。

「あの……今まで騙していて、ごめんなさい……」

　私はそう言って、頭を下げた。

　仁さん、怒ってる、かな……。

　私もカレンのファンだって偽って……言わなかったこと、恨まれるかもしれない。

　せっかくカレンが好きだって言ってくれていたのに……幻想を壊すようなことをしちゃった……。

「いや、騙すなんて……そんなつもりはなかったでしょ？　カレンだってバレたらまずいことはわかるし……」

　仁さん……。

　どうしてみんな、こんなにあっさり許してくれるんだろう……。

　正道くんも、響くんも蛍くんも……みんな少しも私を責めなかった。

「俺がファンだなんて明かしたから、余計本当のこと話せなかったよね……」

「ち、違うんです……！　仁さんがファンだって言ってくれた時、本当に嬉しくて……でも、事務所の人とも誰にもバラさないって約束をしていたので、話せなくて……」

　本当はできるなら、絹世くんにだって話したいんだ。

　私のファンだって言ってくれる人には……ちゃんと向き合いたいけど、できない立場でいることが本当に心苦しい。

「ごめんなさい……」

「謝らないで。どう考えたって、気づかないほうが悪いしさ……！　俺、あんなファンだって言っておいて、今まで全然気づかなかったとか恥ずかしいよ……」

　あははと笑って、頭をかいている仁さん。

　そんなことない……ここまで変装していたら、気がつかないのは当然だ。

「なんかすごい、言い訳みたいになるんだけど……カラオケの時から、カレンに似ているなとは思ってたんだ。でもまさか……本当にそうだとは思わなくて……」

　仁さんは下を向いたまま、ぽつりぽつりと話してくれる。

「こんなことを言っても、説得力がないかもしれないけど……ずっと、会いたかった……」

　……どうして、そんなふうに言ってくれるんだろう。

「幻滅しないんですか……？」

「え？　ど、どうして？」

　仁さんは私の問いかけに驚いた後、ふっと微笑んだ。

「俺、カレンに救われたんだよ。さっき、絹世が俺の昔の話してたでしょ？　荒れてた時期があったんだけど……乗り越えられたのは、カレンがいたからなんだよ」

「……」

「自分の運命を恨まずに頑張ってるカレンを見て、俺も頑張ろうって思った」

　私の姿を見て頑張ろうと思ってくれたなんて……一番の褒め言葉だ。

　嬉しくて、胸が詰まる。

「だから……何があっても花恋のことを嫌いになったりしないよ」

　私がカレンだとわかっても、変わらず優しい仁さんが、もっともっと好きになった。

「ありがとう、仁さん……」

　私は本当に、人に恵まれていると思う。

「お礼を言うのは俺のほうだよ」

　視線を下げたまま、そう言った仁さん。

　……あれ？

　そういえば……さっきから、仁さんと目が合わない。

　いつもは目を見て話してくれるのに、さっきから一度も合ってないような気がした。

　というか、意図的に逸らされてる……？

　仁さんは視線を上げたり下げたり、とにかく私を見ようとしない。

「あの、仁さん……」

「ん？」

「さっきからどうして、目を見てくれないんですか？」

　思わずそう聞けば、仁さんはびくっと肩を震わせた。

「……前にも話したと思うけど、俺……カレンの顔、直視できないんだ」

　そういえば、そんなことを言っていたような……。

　ホーム画面も、カメラ目線ではない私だった。

「だから……もうこれからは目を見て話せないと思う」

「ええっ……！」

　衝撃の発言に、大きな声が出る。

「あの、変装してますよ？　それに、今までは平気でしたよね？」

「そうなんだけど……もうわかった以上は無理みたい」

　両手で顔を覆っている仁さんの、耳が赤くなっていることに気づいた。

　もしかして、緊張してる……？

　私的には、今まで通り普通に話してほしいと思う……。

「これから、まともに花恋の顔見れないかもしれない……」

　……けど、今の仁さんの様子を見ると無理そうだった。

「そ、それは、他のみんなが心配しますよ？」

「そうだよね……まずいよね……」

　仁さんはおでこを押さえながら「あー……」と唸っている。

「どうしよう……」

「それじゃあ、練習しませんか？」

「練習？」

「見つめ合う練習です！　きっと、慣れたらいいんですよ！」

　こういうのは、慣れが一番！

　慣れればきっと普通に目を見て話せるはず！

　私相手にそんな緊張する必要ないし、今までもできてい

たんだからすぐに慣れるはず……！

「そうかな……」

「はい！　試しに10秒間、やってみましょう！」

　私はそう言って、メガネを外した。

　仁さんが一瞬私を見て、目を大きく見開く。そして、すぐに視線を逸らした。

「む、無理無理……！」

　顔を真っ赤にさせて、体ごと横を向いた仁さん。

　ここまで取り乱している仁さんを見るのは初めてで、私のほうが驚いてしまった。

　どうしよう……本当にダメそうっ……。

「わかりました……！　それじゃあメガネをかけたまましましょう！」

　よく考えたら、普段はメガネをかけているんだし、変装の状態で普通に話せればいいんだ。

　仁さんが、ちらっとこっちを見る。

　けれどまた、すぐに視線を逸らされてしまった。

「……ごめん、本当に無理だ」

「そ、そんなにですか？」

　赤い顔のまま、テーブルに伏せてしまった仁さん。

「俺がどれだけ花恋のこと可愛いって思ってるか、全然わかってない……」

　……か、可愛いってっ……。

　仁さんがそんなことを言うとは思わなくて、私のほうが恥ずかしくなってしまう。

　というか、仁さんが顔を赤くして恥ずかしそうにするなんて……。

　不覚にも、ちょっと可愛いと思ってしまった。

「学校では、できるだけ自然にいられるように頑張るよ……」

　そう言ってくれる仁さんに、罪悪感が溢れる。

「ごめんなさい、困らせてしまって……」

「困ってなんかないよ……！　その、本当に嬉しいんだけど、やっぱりまだ理解が追いついてないっていうか……」

　仁さんの顔、りんごみたいに真っ赤だっ……。

　本当に、困ってるわけじゃないのかな……？

「だって、あのカレンが目の前にいるとか、ありえなさすぎる」

　そんな大物みたいに扱ってもらって、恐縮だな……。

　でも、私はそんなだいそれた人間ではないし、私だって仁さんのことは尊敬してる。

　できるならこれからも、変わらない関係でいたい……。

「その……秘密を知ったからには、俺に何かできることがあれば言ってね。いつでも力になるから」

　優しい言葉をかけてくれる仁さんに、心が温かくなった。

「ありがとうございます……！」

「本当に、いつでも頼って欲しい……花恋の呼び出しなら、どこにいても駆けつけるから」

　仁さん……。

　バレたのは大誤算だけど……やっぱり、仁さんはいい人

だ。

　これからもずっと……私にとっては、頼りになる大好き
な先輩。

　仁さんと出会えたことに、心から感謝した。

可愛い君に

【side 仁】

　花恋は……カレンであることを、俺に話してくれた。

　騙していてごめんなさいなんて謝ってくれたけど、そんなの謝ることじゃない。

　それに、ファンだと打ちあけておきながら、見抜けなかった自分が恥ずかしすぎる。

　花恋も、こいつ目の前に本人がいるのに何言ってるんだって思っただろうな……。

　いや、花恋はそんなこと思わない。優しい子だから。

　頭の中で、ついひとりで会話を繰り広げてしまう。

　というか、まだ理解が追いついてないけど、今俺はあのカレンとふたりでいて、一緒に食事をしてるんだ。

　……とんでもないな……。

　改めて、自分の置かれている状況に気づく。

　緊張してさっきから手は震えているし、多分顔も赤い。

　今まで、一ノ瀬花恋として接していた時は平気だったけど……自分がずっと恋い焦がれていた相手だと知った以上、もう普通に接するのは無理だ。

　絶対に特別扱いしてしまうし、挙動不審になってしまう。

　もう花恋が可愛く見えて仕方なくて、冗談抜きで俺の目に映る花恋の周りには装飾のようなキラキラが見える。

「このケーキ、すごく美味しいです……！」

　目を輝かせながらデザートのケーキを食べている花恋が可愛すぎて、心臓が痛かった。

　やばい、本気で緊張して息が浅くなってきた……。

　落ち着け……。

　好きな女の子の前ではかっこいいところを見せたいのに、目も合わせられないとかカッコ悪すぎるだろ俺……。

　別に女の子に慣れてないわけじゃないし、カレンに出会う前はそれなりに遊んでいた。

　落ち着け、冷静に……余裕のある感じを装って……。

「美味しい〜」

　……ダメだ、可愛い。

　花恋の可愛さを前に、早々に敗北した。

　きっと今まで美味しいものなんて、芸能界でいくらでも食べただろうに、ずっと美味しそうに食べている花恋。

　この店を選んでよかった。花恋が喜ぶなら、どこにだって連れて行ってあげたい。

「俺のも食べる？」

　まだ手をつけていない自分のデザートを指差してそういえば、花恋は少し悲しそうな顔をした。

「えっ……仁さん苦手なんですか？」

　どうやら、俺がケーキを苦手だと思ったらしい。

「そうじゃないけど、結構お腹いっぱいだから。よかったら食べて」

　お腹っていうか、もう胸がいっぱいだ……。

　そう言ってお皿を渡すと、花恋は嬉しそうに笑った。

「ありがとうございます……！」

　……可愛い……。

　だめだ、可愛い以外の言葉が出てこない……。

「花恋は食べるの好きなんだね」

　必死にバクついている心臓を落ち着かせながら、平静を
装ってそう聞く。

　お昼ご飯もすごい量を食べているし、いつだって幸せそ
うに食べているから。

　こんな細い体のどこに入るんだろうって、いつも不思議
だった。

「はい……！　食べるの大好きです！」

　はぁ……可愛いな……。

　どうしよう、自分のキモさに鳥肌が立ってきた……。

　でも、花恋の可愛さに抗えるやつなんてきっといない。

「知らなかった情報だよ」

　できるだけ、自然な笑顔でそう言った。

　花恋がよく食べるっていう情報はプロフィールになかっ
たし、ファンの間でも知られていないと思う。

「ア、アイドルの時は、大食いはあんまりよくないって言
われてて……」

　あー……まあ、言わんとしていることはわかる。

　でも、こんな美味しそうに食べる子は珍しいし、俺はいっ
ぱい食べる子のほうがいいと思うけど。

　そう思ったけど、花恋はフォークを置いて、不安そうに
俺を見つめてきた。

「女の子がたくさん食べるのは、可愛くないですよね……？」

　眉をハの字にして見つめてくる花恋の姿に、心臓を射抜かれた。

　……っ、危ない……可愛すぎて、意識が飛ぶところだった……。

　やっぱり、顔を見たらダメだ……。

　というか、そんなふうに思わなくていいのに。

「そんなことないと思うよ」

　花恋が可愛くないわけがない。

　というか、カレンだったらなんでもいいし、なんでも可愛い。

　正直俺の意見に全国の男が同意すると思う。

　やばいな……完全にファン全開になってる……。

　このままだと、花恋に気持ち悪がられそうだ……落ち着け……。

「仁さんは優しいですねっ……」

　嬉しそうな声が聞こえて、歯を食いしばった。

　今絶対可愛い顔してる。見たい。けど見たら絶対に俺が情けない顔になる。花恋の前では１ミリだってかっこ悪いところを見せたくないから我慢する。

「仁さんは、甘いものは好きですか？」

　突然の質問に、瞬時に脳をフル回転させて考える。

　ここはどう答えるべきだろう。

「俺は……」

　甘いものは普通に好きだ。でも、男がスイーツ好きって、

かっこよくないよな……。

　いやでも、嘘はつきたくない。

　脳内で、ゲームのように選択肢が並んだ。

　ここは、正直に答えるを選択する。

「好きだよ。ケーキとかドーナツとか」

　頼む、当たっていてくれ……。

「ほんとですか……！　実は、周りに甘党の人がいなくてさみしかったんです！　よかったら今度、一緒にスイーツ食べに行きませんか……？」

　俺は心の中で、ガッツポーズをした。

　……正直に答えてよかった。

　心から、神様に感謝した。

「俺でよかったら、いつでも誘ってよ」

　花恋の誘いだったらどんな用事が入っていても蹴って駆けつける。

「やったっ……」

　本当に嬉しそうな花恋に、俺の心臓は相変わらず爆発寸前レベルで高鳴っていた。

　ケーキを美味しそうに食べている花恋を見ているだけで、幸せだ。

　そういえば……。

　気になることがあって、それを聞くべきか、聞かざるべきか悩んだ末、思い切って口を開いた。

「あのさ……」

「はい？」

「俺以外には、カレンのことを知ってるやつはいる……？」

　多分、いるとは思う。

「はい……何人かにはバレました……」

　……そうだよね。

　自分より先に知っていたというだけで嫉妬してしまって、自分の独占欲の強さに驚いた。

　俺って、こんなちっさい男だったのか……。

「誰が知ってるか、聞いてもいい？」

　正直、知りたい。

　俺より先に、花恋の正体を知っていたのが誰か。多分、そいつも花恋のことを好きだろうし、ライバルは把握しておきたい。

　なんとなく、何人かは目星がついているけど。

「天聖さんと、響くんと蛍くんと……。そ、その3人です……!」

「もしかして、響と蛍には最近バレた？」

「はい……」

　やっぱり……。

　ある日を境に、ふたりは花恋への態度があからさまに変わったから。

　3人の間に何かあったんだろうなと思っていたけど、そりゃあ今まで一緒にいた友達があのアイドルのカレンだったってわかったら、今まで通りではいられないだろう。

　響はカレンのファンだったみたいだし、基本的に国内の男子は全員カレン好きだと思う。

　芸能人で誰が一番可愛いかって話題で最初に名前が出る

のはいつだってカレンだから。

　でも、天聖もか……。

　天聖はアイドルだからとか、可愛いからとかいう理由で人を好きになるやつじゃない。というか、天聖は誰のことも好きにならないと思っていたから……今でも天聖が誰かに執着していることが信じられない。

　こんなに可愛くて、性格もいい子がいたらさすがに好きになるか……。

　それにしても……３人なのが意外だった。

「絹世は知らないの？」

「はい……」

　知らなかったのか……。

　花恋に随分懐いているし、それに監禁事件まで起こした絹世。

　アイドルのカレンに執心だった絹世が他の女の子にまで執着するなんて考えられなかったから、てっきり絹世は知っているものだと思っていた。

　あいつは本能的に、花恋を好きになったのかもしれないな。

「花恋は……絹世のことは知ってた？」

「え？」

「その、あいつファンレターとか出しまくってたでしょ？だから、名前とか知ってたのかなって……」

　いや、ファンレターなんか何千枚も届いているだろうから、いちいち覚えてないか。

「はい！　いつもファンレターをくれていたので、羽白絹
世<ruby>羽白絹世<rt>はしろ</rt></ruby>さんってファンのことは知ってました！　この学園に来
て初めて会った時は、びっくりしたんです……！」

　え……知ってたんだ……。

　正直、知らないと言ってくれたほうがよかった。

　俺は、絹世がカレン宛に書いた手紙を読んだことがある
から。

　延々と、カレンの可愛かったところや、歌詞やドラマの
考察とか、時にはMVの0.0秒単位でよかったシーンをまと
めて書き綴っていた。

　カレンが大きなライブやドラマの撮影を控えている時
は、運勢をわざわざ世界的に有名な占い師に見てもらい、
その結果を送って励ましていたり、なんていうか……あい
つはいろいろといきすぎている。

　愛が重すぎるというか、歪んでいるから、できればあの
手紙はカレンの目に触れさせたくなかった。

「私、いつも絹世くんのファンレターに元気をもらってた
んです……！」

　元気を……？

　恐怖していたんじゃなくて……？

　……花恋がいいなら、いいのかな……はは……。

　あの狂気の手紙で喜んでくれるのは、きっとカレンくら
いだろうな。

　やっぱり、どこまでも優しい子だ。

　俺が好きになった、想像していたカレンそのまま。

「絹世くんにも、いつかカレンだってこと、打ち明けよう
と思ってます……」

「そっか」

　多分絹世のやつ、花恋がカレンだって知ったら……卒倒
するんじゃないかな……。

　俺だって、正直まだ理解が追いついてないというか、実
感がわかないし……。

　まあ、喜ぶのは確かだと思うけど。

　こんなに近くに……手が届かないと思っていた人が、い
たんだから。

　ずっと、ずっと好きだった。

　俺の人生を変えてくれた人。

　こんな日が来るなんて、思いもしなかった。

　これは運命なんだって……一方的にでいいから、思って
もいいのかな。

「花恋、今日は付き合ってくれてありがとう」

　もう外も暗くなってきて、レストランから出る。

　夢のような時間だった。

　今までも花恋とどこかへ行ったり、ふたりで食事をした
こともあるから、何を言ってるんだって感じだけど……。

　結局、カレンだってわかったから態度を変えたと言われ
たら、何も言い返せない。

　だけど……好きな気持ちだけは、誰にも負けない自信が
ある。

　むしろ、それしか誇れない。

「そんな……！　こちらこそ……！　今日仁さんと絹世く
んと遊べて、とっても楽しかったです……！」

　そういえば、俺は花恋をゲームセンターに連れて行った
のか……。

　なんか、悪いことした気分だけど、本人が喜んでくれて
いるならいいのかな……。

「それに、お食事も……ご馳走になってしまってすみませ
ん……」

「気にしないで。こういうのは男が出すものだよ」

　気を使わせないようにと思って言ったセリフだったけ
ど、何をかっこつけてるんだと恥ずかしくなった。

　まず、代金を支払うくらいでカレンと食事ができるなん
て、どう考えても俺のほうがプラマイプラスだ。

「またご飯、一緒に行ってくれる？」

「もちろんです……！　スイーツも食べに行きましょう
ねっ」

　嬉しそうにそう言ってくれる花恋から、また目を逸らし
てしまった。

「う、うん、今度オススメのところ教えるね」

　ダメだ……顔がゆるみっぱなし……。

　俺、今……情けない顔してるだろうな……。

「花恋、家まで送っていくよ」

　あのカレンをひとりで帰すなんて心配で、そう言った。

「え……いえ、平気ですよ！」

「でも……」

「家も近いので！」

　そっか……。心配だけど、これ以上しつこく言うのは気持ち悪がられるかもしれないから、やめておこう。

　それに、普通に考えて自分のことを好きな男に、家を知られるのは嫌だろうし。

「それじゃあ、また学校で！」

　笑顔で手を振ってくれる花恋に、俺も手を振り返す。

　大丈夫かな……。心配でついカレンの後ろ姿を見つめてしまったけど、ハッと我にかえって視線を逸らした。

　やめとこう……気持ち悪いし。

　振り返ってまだ俺が自分のことを見ていたら、カレンも怖がるだろう。

　というか、花恋は俺のこと怖がってないかな……。

　この前、本人だって知らずに、可愛いとか語っちゃったし……内心は気持ち悪がられてるかもしれない。

　うわ……そうだとしたら、立ち直れないな……。

　俺も寮に帰るため、学校の方向へと歩き出す。

　自分の手がまだ震えていることに気づいて、笑えてきた。

　俺は自分で、冷静なほうだと思っていたし、基本的に感情が動くことなんて少ないけど……好きな子を前にして、ここまでタジタジになるとは思わなかった。

　自分がどれだけカレンを好きだったのか、再確認した気がする。

　せめて勘付かれないように、周りのやつらの前では今ま

で通り振る舞おう。

　他のやつに……花恋の秘密をバラしたくないから。

　ただでさえ天聖っていう強敵がいるんだから、ライバルはもう十分。

　多分だけど、さっき花恋が言ってた正体がバレた天聖、響、蛍以外にも、花恋を好きなやつはいる。

　充希もそうだし、生徒会のやつらもだ。絹世と、頬にキスされたって言ってた京条と……あと多分、久世城も。この前、絹世に監禁された時、異常に焦っていたし……女嫌いのあいつが女子生徒にかまうなんてありえないから。

　あいつは花恋に嫌がらせをしていたのに、どんな心境の変化があったんだとは思うけど……多分花恋のことが好きなのは確かだ。

　俺がわかる範囲でこんなにいるんだから、探せばきりがないだろう。

　その中でもやっぱり、天聖が花恋にとって一番近い存在な気がする。あいつは男の俺から見てもかっこいいし、間違いなくライバルにしたくない男ナンバーワンだ。多分、俺以外のやつも同じように思ってるだろう。

　……で、諦められないのもみんな一緒。俺だって、諦める気は１ミリもない。

　ただ……その前に、天聖にはちゃんと話さないといけないな。

　花恋の正体を知らなかったとはいえ、あれだけふたりを応援しているみたいに言っておいて、俺も好きになり

ましたなんて……。天聖からしたらふざけるなって感じ
だよな……。

　罪悪感はもちろんあるけど、天聖は俺にとって親友だか
ら、けじめはつけないと。

　正々堂々──俺も花恋を奪いにいく。

23th STAR
最後の平穏

シンデレラ

　いつものように朝起きて、家を出る。
「おはよう」
　すでに玄関の前で待っていてくれた天聖さんの姿に、ドキッと胸が高鳴った。
　だ、だめだ、やっぱりあの日から天聖さんの顔をまともに見られなくなっちゃった……。
「お、おはようございます……！」
　そのうち治るだろうと思ったけど、全然治らないどころか、日々悪化してる気がする。
　天聖さんとただ一緒にいるだけなのに、心臓がドキドキして、おかしい。

「またな」
　学校に着いて、生徒会室の前で天聖さんと別れる。
　ひとりになって、はぁ……と息をついた。
　今までは天聖さんといる時間が一番安心したのに、今は緊張のほうが優ってる気がする。
　どうしてこうなってしまったのか理由はわからず、困り果てていた。
「おはようございます」
　挨拶をして、生徒会室に入る。
「花恋……！」

　絹世くんが駆け寄ってきてくれて、ぎゅっと抱きしめられた。
「絹世くん、おはよう！　昨日は大丈夫だった？」
　一応、メッセージで無事に寮には帰れたって聞いたけど、その後何もなかったかな？
「うん！　兄さんも寮には入ってこれないから、諦めたみたい！　心配してくれてありがとうっ」
「よかったっ……」
「でも、もっと花恋と遊びたかったなぁ……また遊んでね？　今度はふたりで！」
　笑顔の絹世くんが可愛くて、頭を撫でた。
「うん、もちろん！」
「……おい、どういう意味だ？」
　後ろから、低い声が聞こえた。
「まこ先輩、おはようございます」
　あ、あれ？　まこ先輩、怖い顔してる……。
「ねえ、また遊んでってどういうこと？　いつ遊んだの？」
　私たちの会話が聞こえていたのか、陸くんもこっちに歩み寄ってきた。
「答えろよチビ」
　黙っている絹世くんを、睨みつけている陸くん。
「シンプルな悪口やめてよ……！　それ、男として一番言われたくない言葉だよ……!!」
「花恋、昨日こいつと過ごしたのか？」
「絹世くんとっていうか……絹世くんと仁さんと、映画を

観にいったんです」

　まこ先輩の質問にそう答えると、先輩も絹世くんを睨みつけた。

「お前……」

「……まあ、ふたりじゃなかったなら百歩譲って許すよ。椿仁斗は気に入らないけど」

　あ……陸くんも、仁さんのことは知ってるんだ……。

　きっと、みんな知り合いなんだろうな。仲がいいかはわからないけど、初等部から通ってる人もいるって言っていたし。

「花恋、こいつと遊ぶ暇があるなら俺と遊ぼうよ。どこにだって連れて行ってあげるし、なんだって買ってあげるよ？」

　にっこりと笑顔を浮かべている陸くんに、たらりと冷や汗が流れた。

　あはは……本当になんでも買ってくれそうな笑顔……。

　嬉しいけど、気持ちだけもらっておこう……。

「今度絹世と出かける予定があるなら事前に言ってくれ。こいつは頼りにならないだろうからな、俺もついていく」

「武蔵くんにはぜったい言わないもんね……！」

「……」

「ひっ、睨まないでよ……！」

　絹世くんが本気で怯えていて、かわいそうになった。

「……あ、遊んだだと……」

　ぼそっと後ろで声が聞こえて振り返ると、そこには正道

くんの姿が。

「会長、おはようございます」

「お、おはよう……！」

　正道くん、顔が青い……？

　最近も生徒会のお仕事、忙しいのかな……？

　無理していないか、心配になった。

「とにかく、今後抜け駆けはなしにしましょう」

「そういうお前が一番しそうだろ」

「京条くんって人を蹴おとして生きてそうだもん……」

「絹世！　武蔵！　陸！　早く仕事に戻れ！」

　話している３人に、正道くんが怒った。

「喋っている暇はないぞ！　今日から、本格的に文化祭の
準備が始まる。　全員忙しくなるのを覚悟しておけ」

　え……？

「げっ……文化祭……」

　絹世くんが顔をしかめているけど、それに反して私の顔
は明るくなっていく。

「文化祭……!?」

　そのワードに、目を輝かせた。

　前々から、生徒会でも文化祭の話は出ていたけど……つ
いに始まるんだ……！！

　学生生活の醍醐味と言えば、イベント。その中でも、一
大イベントだっ……！

「花恋って、イベントごと好きだよね」

　陸くんの言葉に、「うん！」と頷いた。

　学生なんだから、楽しまなきゃ損だよ……！！

　中学のときは、芸能学校だったから本格的な文化祭はなかったし、仕事でまともに参加できなかった。

　だから……高校生活はイベントごとを全力で楽しむって決めている。

「確か今日、クラスでも文化祭について話し合うと思うよ」

「楽しみ……！」

　笑顔を返すと、陸くんも微笑んでくれる。

「ふふっ、"クラスメイト"として、一緒に頑張ろうね花恋」

　やけにクラスメイトを強調し、ちらちらと他のみんなを見た陸くん。

「同じクラスアピールをするな、鬱陶しい」

「武蔵くんに同意！　それに、女の子は同級生より年上に惹かれるものでしょ〜？」

「まずあんたは年上にすら見えないけどね」

「……おい、仕事量を倍にするぞ」

　正道くんに怒られ、みんなめんどくさそうに席に戻っていく。

　あはは……なんだか日に日に正道くんへの扱いが雑になってる気がするな……。

　そんなことを思いながら、私も自分の席についた。

　文化祭、とっても楽しみ……！

「えー、今日は、文化祭について話し合います」

　１時間目のＬＨＲの時間。

　文化祭の話……！
「花恋はほんまにイベントごと好きやなぁ～」
「目輝かせすぎ」
　響くんと蛍くんが私を見て笑っていて、はしゃぎすぎてしまったかなと恥ずかしくなった。
「１年の出しものは演劇です」
　学年で違うみたいで、１年生と２年生は演劇。３年生は模擬店をするそう。
　私たちは１年だから、演劇だ。
「劇って……」
　蛍くんは楽しみじゃないのか、つまらなさそうにしている。
「文化祭委員がくじで演目を決めるんですが、１年Ａクラスはシンデレラをすることになりました」
　もう決まったんだ……！
　シンデレラかぁ……どんな感じになるんだろうっ……！
「それでは早速、配役を決めたいと思います」
　配役……。私は選ばれすらしないだろうけど、絶対に裏方がいい。
　この変装は解けないから……あはは。
「まず、シンデレラ役をしたい人はいますか」
「はい！」
　すぐに手をあげたのは、石田さんだった。
　可愛い石田さんなら、シンデレラ役にぴったりだ。
　石田さんとは……天聖さんが命令制度を使ってくれた時

から、まったく関わりがない。

　きっと私とは話したくないだろうし、避けられているから、私も自分からは話しかけにいかなかった。

　嫌われていることは、さすがにわかってる。

　本当は女の子の友達が欲しいけど、クラスの女の子たちとは一切関わりがない。

　正直、もう女の子の友達を作るという目標は諦めていた。

「他に立候補はいますか？」

　石田さん以外に立候補者はいないみたいで、手はあがらない。

「石田さんが適任だよ！」

「あたしもさんせーい！」

「……シンデレラより、意地悪な姉役のほうがいいと思うけどな」

　みんなが賛同する中、隣の席の陸くんがぼそっと何か言った気がした。

　パチパチと、拍手があがる。

「次は、王子役を……」

　王子役……！　シンデレラと同じくらい重要だ。

「響やりなよ」

　陸くんの提案に、心の中で賛意した。

　響くんかっこいいから、王子様役似合いそう……！

「死んでもやらんわ。そういうお前こそやれや」

「どうしてわざわざ大衆の見世物にならなきゃいけないの？　俺の美貌を独占できるのは花恋だけだよ」

　平然と言い放った陸くんに、蛍くんが「キモ……」と呟いた。

　わ、私が独占……？

「立候補がいないなら……推薦（すいせん）で決めたいと思います」

　文化祭委員さんの言葉に、女の子たちが手をあげた。

「はい！　陸さんがいいと思います！」

「あたしも！」

「賛成です！」

　わっ……すごい、陸くんが大人気だ……！

　確かに、陸くんって王子様って感じがするもんなぁ。

「……嫌です」

　当の本人は嫌がってるみたいだけど……。

「蛍は？　ちっちゃい王子も面白いんじゃない？」

「……しばくぞ」

　蛍くんの不機嫌オーラがすごい……。

　このままだと、王子様役が決まらなさそうだっ……。

「陸くんの王子様、ぴったりだと思うけどな……」

　そう言うと、陸くんが勢いよく私のほうを見た。

「……それって、俺を花恋の王子様にしてくれるってこと？」

「え……？」

　私は、王子様役にぴったりだなって……。

「お前いい加減黙れ。鳥肌とまらんねんさっきから」

　響くんが、青ざめた顔で陸くんを見ている。

「ま、やってもいいけどね」

えっ……！

　前向きになってくれた陸くんに、クラスのみんなも嬉しそう。

　配役が陸くんなら、舞台はきっと成功間違いなしだ。

「その代わり、シンデレラ役は花恋にしてほしい。それなら引き受けるよ」

　……え？

　ま、待って……シンデレラ役は、石田さんに決まったんじゃ……。

「ちょっと待て！　それは俺が反対や！」

「シンデレラ役はもう決まってんだろ」

　響くんと蛍くんが、陸くんにそう言ってくれた。

　そ、そうだよね……！

　それに、私はシンデレラ役なんて絶対にできない……！

　メガネは外せないから……！

「花恋が相手じゃないなら絶対にしない。それに、王子役は大事だと思うけど？」

　陸くんの言葉に、困ってしまう。

　信頼してくれているのは嬉しいけど……。

「蛍、お前やれ。顔面偏差値なら負けてへんって」

「俺がこういうの嫌いなこと知ってんだろ。……まあ、響じゃ名前負けするか」

「俺は王子ってジャンルちゃうだけでそこそこイケメンやろ！！」

　ふたりは激しい言い争いを繰り広げていて、クラスメイ

トたちもひやひやした様子で見守っていた。

「そういえば、このクラスって演劇部多かったよね」

　そうなの……？

「俺が王子役になったら、衣装も多少はグレードアップできる気がするなぁ……。今回だけでなく、演劇部で使うものも」

　何やら、意味深な言い方をした陸くん。

「生徒会役員だから、いろいろと融通もきくだろうし……」

「ぐっ……」

　演劇部の子なのか、何人かが陸くんを見て唸っていた。

　こ、これは……。

「お前、演劇部買収すんのやめろや!!」

「で？　王子役は誰がいい？」

　陸くんの問いかけに、ひとり、またひとりと手があがる。

「京条さんに1票……！」

「俺も……！」

　な、なんだか、とんでもない展開になってきた……。

「演劇部、ちょろいなぁ……」

　陸くんは悪い顔をしながら、ぼそっと呟いた。

「ってことで、クラスの過半数が俺だね。それじゃあ俺が王子役で、花恋がシンデレラ役ってことで」

　決定しそうな空気に、焦って瞬きを繰り返す。

　ど、どうしよう……！

「わ、私、目立つのは得意じゃなくて……」

　とにかく、断らなきゃ……！

「シンデレラ役ってことは、メガネも取らなきゃいけない
でしょ……？　そ、それはちょっと……」

「別につけたままでいいよ。花恋はどんな姿でも、俺のお
姫様だから」

　メ、メガネをかけたシンデレラなんていいのかなっ……。

「おえ……」

「おい陸、蛍がえづき出したからそろそろやめろ」

　どうしてか、蛍くんと響くんは気持ち悪いものを見る目
で陸くんを見ている。

「ね、一緒にしようよ花恋。俺も文化祭の思い出作りたいな」

　そんなふうに言われると、断りきれない……。

　前までの陸くんを知っているからこそ、陸くんが楽しめ
るなら……と心が揺らいだ。

　クラスメイトの過半数は陸くんを推しているみたいだ
し、クラスの意見なら私が駄々をこねるのも迷惑かな……。

　メガネをしたままでいいなら……。

「……わ、わかった……」

　苦渋の決断の末、私は首を縦に振った。

　この選択が、後々あんな事件に繋がってしまうなんて、
知る由もなく――。

「やったっ。文化祭楽しもうね、花恋」

　嬉しそうな陸くんに、私も笑顔を返した。

「花恋、やめって……！」

「そうだぞ」

「メガネをしたままでいいなら……私も頑張るよ」

　そう言うと、しぶしぶという様子で納得してくれた響くんと蛍くん。
「それじゃあ、王子役は京条さん、シンデレラ役は一ノ瀬さんで決まりです」
　シンデレラなんて大役、うまくできるかな……。
　昔から演技は好きだったから……劇が成功するように、たくさん練習しよう。
「……あたしの、邪魔ばっかり……」
　……教室の隅で呟かれたその声は、私の耳に届くことはなかった。

不満の声、続出

　シンデレラ役になるなんて、とんでもないことになったな……。
「なあ花恋、ほんまにするんか？」
「やめたほうがいいだろ」
　お昼休みに溜まり場に向かっている途中、響くんと蛍くんが心配してくれた。
「変装は外さないから大丈夫……！」
「いや、俺的には反対やけど……」
「こいつの言う通りだ。まず、陸が相手っていうのが気に入らない」
　蛍くんと響くんは多分、前にいろいろあったから心配してくれているんだろう。
　もとはといえば、陸くんや生徒会の人たちと仲が悪くなって、ふたりが守ってくれていたから……。
　ふたりが心配するのも当然だと思うし、その気持ちはとっても嬉しい。
「ちっ……あいつ、最近頭いかれすぎだろ……」
　頭がいかれすぎ……？
「なあ、今からでも俺らが役交代させるで？」
「ううん！　大丈夫。決まったからには頑張るよ！」
　今から交代ってなっても、クラスメイトに迷惑をかけちゃうし……やるって決めたからにはやりきる！

「いつも心配してくれてありがとうっ」

　優しいふたりに、お礼を言った。

「そ、そんなん、心配するのは当たり前やん……」

「別に、俺らが勝手にしてるだけだし……」

　ふふっ、ふたりは私にとって、自慢の友達だ。

「こんにちは」

　溜まり場について、中に入る。

「か、花恋、お疲れ様」

　ドアの一番近くに座っている仁さんが、こっちを見た。

　……けど、目は合わない。

　やっぱり仁さん、目を合わせられなくなっているみたいだ……あはは……。

「……仁？　どうかしたのか？」

　早速、大河さんに怪しまれていて、ぎくっとした。

「え？　何もないよ」

　でも、さすが仁さん。ここは平然と対応していて、その様子を見て何かあっても仁さんならうまくかわしてくれるだろうと安心した。

　自分の席につこうとした時、天聖さんと目が合う。

「どうした？」

　優しく微笑まれて、心臓がドキッ！と大きく高鳴った。

　天聖さんといると緊張するのは、相変わらずみたい……。

　ご飯を食べながら、いつものように他愛もない話をする。

「花恋、最近生徒会は忙しいのか？」

　大河さんの言葉に、首を横に振った。

「最近はそんなに忙しくはないです！　あ、でも、文化祭の準備が始まるのでこれから忙しくなるみたいです」

「あー、そっか……　そういえば今日演目決めてたね」

　仁さんが、思い出したようにそう言った。

「みんなは何をするんですか？」

「ん？　知らねぇ」

　え？　充希さん知らないの？　でも、仁さんと同じクラスなはず……。

「充希はサボってたからね」

　そ、そうだったんだっ……。

「俺たちはロミオとジュリエットだ。ちなみに、ロミオ役が久世城で、羽白がジュリエット役をするらしい」

「え……！」

　大河さんの発言に驚いて、大きな声が出る。

　正道くんがロミオはわかるけど……絹世くんがジュリエット……!?

「主役が久世城に決まったんだが、あいつは女嫌いだから、羽白が女装することになった」

　な、なるほど……。

　絹世くん嫌がってそうだけど、綺麗な顔をしているから女装も似合いそう。

「絹世くんのジュリエット、絶対に可愛いですね」

「本人は半泣きで嫌がってたけどね」

　やっぱり嫌がってたんだ……と、仁さんに苦笑いを返し

た。

「花恋は何するんだ？」

　充希さんが私の肩を組みながら、そう聞いてくる。

「私の組はシンデレラです」

「シンデレラ？　またベタだね……」

「聞いてくださいよ、花恋がシンデレラ役するんっすよ」

　響くんの発言に、みんなが一斉に私を見た。

「「「……は？」」」

　大河さんと仁さんと充希さんの声がシンクロする。

　隣の天聖さんも、珍しく驚いた顔をしていた。

　そ、それは驚くよね……。

　どう考えても私、シンデレラって感じじゃないし……。

「……おい、王子は誰だよ」

「陸っす……生徒会役員の。あいつが、花恋のこと推薦してほぼ強制的に花恋になったんっすよ」

　充希さんの低い声に、響くんが答えた。

「1年の演劇、中止にしようか？」

　じ、仁さん……!?

　温厚な仁さんが、いつもより低い声色でそんなことを言うから驚いてしまった。

「……そいつ、前に花恋にキスしたとかいうやつか？　調子乗りすぎだな、1回痛い目見せるか」

「……花恋、そんなものに付き合わなくていい」

　充希さんと天聖さんも顔が怖くなっていて、苦笑いしてしまう。

　きっと、みんな心配してくれてるんだよね……。

「だ、大丈夫です！　私も引き受けたのでちゃんとします！
それに……文化祭自体はすごく楽しみなので」

　イベントごとは楽しみたいって思っているし、クラスの
みんなと頑張りたい。

　それに……陸くんにも、楽しいって思ってもらいたいか
ら。

　友達として、陸くんには充実した学生生活を送ってほし
いと願ってる。

「花恋がそう言うなら……」

「響、蛍、今後花恋が何か巻き込まれそうになったら、す
ぐに報告するように」

「はいっす！」

「今度からは決まる前に全力で止めます……」

「……花恋、何かあればすぐに言え」

　天聖さんの言葉に、こくりと頷く。

「いや、俺はゆるさねー……！　その陸ってやつ、潰す」

　み、充希さん……!?

　その後、本当に教室に行こうとした充希さんを、みんな
で必死に止めた。

　そして、私の出演を反対する人は他にもいた。

「文化祭委員との会議が終わりました。全クラスの出しも
のと、詳細をまとめた資料です」

　生徒会の時間に、伊波さんが正道くんに資料を渡した。

「……おい、これはどういうことだ？」

　……ん？

　資料を見ている正道くんが突然顔を上げ、陸くんのほう
を見る。

「なんですか？　今確認中なんで後にしてください」

　鬱陶しそうに返事をした陸くんに、正道くんが歩み寄る。

　そして、陸くんの机の上にバンッ！と資料を置いた。

「……１年Ａクラスの演劇だ」

　え？　私たちのクラス？

「あー、そのことですか……書いてある通りですけど？」

　なぜか勝ち誇ったような表情で、正道くんを見ている陸
くん。

「どうしてお前が王子役で……一ノ瀬がシンデレラ役なん
だ……！」

　正道くんの叫びに、まこ先輩と絹世くんまで立ち上がる。

「は……？」

「花恋、シンデレラになるの……!?」

　他の役員さんたちも私のほうを見ていて、いたたまれな
くなった。

　は、恥ずかしい……。絶対にみんな、お前に務まるのかっ
て思ってるよ……。

　私がシンデレラって柄じゃないもんね……はは……。

「どうせお前が何かしたんだろう陸！」

「だとしても、もう決まったことですから」

「ふん……決定済みでもどうにでもなる！　１年の演劇は

中止だ！」

　えっ……！

　さっき仁さんも言ってたけど、そんなすぐに中止なんてできるものなのかなっ……？

　でも、正道くんなら本当に中止にできちゃいそう……生徒会長だし……。

「か、会長、中止は……」

　演劇部のみんなも張り切っていたし、文化祭は学生にとって大事な行事だから……私のせいで中止になるなんて嫌だっ……。

「あの、私がシンデレラに不相応なのはわかってるんですけど……が、頑張らせてください！」

「ちがっ……一ノ瀬が不相応だと言っているわけじゃない！ むしろ適任というか……シンデレラ以上というか……」

　正道くんは大きな声で否定したあと、小声でぶつぶつと何か言っている。

「会長？」

「くそ……陸め……」

　ギリギリと、歯を食いしばっている正道くん。

「中止なんてひどいよね花恋。こんなひどい会長、嫌だよね？」

「お前は黙っていろ、陸」

　正道くんはふぅ……と心を落ち着かせるように息を吐いた後、じっと私を見つめてきた。

「無理に配役されたんじゃないか……？」

「いえ……わ、私がやるって決めました」

「そうか……わ、わかった……」

　わかったって……認めてくれるってことかな……？

「配役については目をつむる。ただし、陸に何かされたら
すぐに報告してくれ。こいつは何をしでかすかわからない
からな」

「犯罪者みたいに言わないでくださいよ」

「似たようなものだ」

　頭を押さえながら、ため息をついた正道くん。

　よかった、認めてもらえて……。

　みんな心配してくれているけど、ちゃんとシンデレラを
演じられるように、頑張ろうっ……！

嵐は静かに迫る

文化祭が１週間後に迫り、学内は騒がしくなっていた。

生徒会も大忙しで、正道くんに関してはずっと仕事に追われている。

今日も、確認の資料が山積みっ……。

その上、クラスの劇の練習もあるから、ハードなスケジュールだ。

今日は午後の２時間は文化祭の準備に使えるため、教室で劇の練習をしていた。

「さあシンデレラ、このあたしが魔法で綺麗にしてあげるわ！」

「本当ですか……！」

「えいっ！　……あら、衣装しか変わらなかったわね。まあいいわ、行ってきなさい！」

私がメガネを外したくないと駄々をこねたから、脚本担当の人がセリフを変えてくれた。

なかなかシュールなシンデレラになってるかもしれない、あはは。

けど、劇の練習は至って順調だ。

私も陸くんもセリフは完璧に覚えたし、何回か通しで練習もした。

「花恋、前から思ってたけど演技上手だよね」

「え？　そ、そうかな……？」

「うん、何かやってたの？」

　ぎくっと、体がこわばる。

「何もしてないよ……！　そ、それに、上手なのは陸くんのほうだよ……！」

　私のせいで台本がシュールになっちゃったけど、陸くんの王子様が完璧すぎて、後半は違和感がなくなってる。

　演目はシンデレラだけど、劇の主役は王子様と言っても過言ではないくらい。

「ほんと……？　花恋にそう言ってもらえると嬉しいな」

　照れ臭そうに笑っている陸くんの姿が、ちょっと意外だった。

　陸くんはきっと、褒められ慣れているだろうから。

「俺、本当の王子様になれるように頑張るね？」

「……？　うん！」

「ふふっ、相変わらずわかってなさそうなところも可愛い」

　陸くんと話していると、「衣装が完成したので今から合わせます……！」という声が聞こえた。

　衣装、完成したんだ……！

「一ノ瀬さんと陸さんは更衣室のほうに行ってください」

　どんな衣装なんだろう……ちょっとワクワクしてきた。

「花恋のドレス姿、楽しみだな」

　そう言ってくれるのは嬉しいけど、メガネはしたままだし、変になっちゃうと思うな……あはは……。

　更衣室に移動して、渡されたドレスに着替えた。

　わっ……もっとお遊戯会みたいな衣装を想像していたけど、すごく本格的……！　素材もちゃんとしているし、撮影で着ていたドレスみたいだ。

　ドレスを着て、鏡を見る。

　うわ……やっぱりこの変装とシンデレラの衣装、不釣り合いだな……。

　でも、この青いドレスとっても綺麗……！

「衣装のサイズはどうですか……」

　衣装係の石田さんが、部屋に入ってきた。

「問題ないです……！」

　私のことを、じーっと見ている石田さん。

「……スタイルだけはいいんですね」

　えっ……！

「あ、ありがとうっ……」

　アイドル時代筋トレは頑張っていたから、そう言ってもらえるのは嬉しいっ……。

　ほめてくれるなんてもしかして……私は石田さんに、そこまで嫌われているわけではないのかな……。そうだとしたら、嬉しいっ……。

　いつか、石田さんとも仲良くなりたいな……。

「……ちっ……」

　え……？　い、今、舌打ちした……？

　気のせいかな？

「1回衣装を着たまま通しでするので、教室に戻ってください」

その言葉に「はい！」と返事をして、教室に向かう。

う……視線が痛い……。

急いで教室に入ろうとした時、中が騒がしいことに気づいた。

みんな、不釣り合いなドレスを着ている私を見て、何事かと驚いている。

命令制度がきいているからか、直接は何も言われないけど、変に思われているに違いないっ……。

なんだろう……？　女の子の声が……。

「陸様、似合いすぎ……！」

「リアル王子様なんだけど……！」

陸くん……？

教室に入ると、女の子たちが何かを囲んで集まっていた。

「あ、花恋……！」

女の子たちの輪の中から現れたのは……衣装に身を包んだ陸くん。

わっ……！

あまりのクオリティの高さに、絶句した。

お、王子様だ……！

女の子たちもみんな、目をハートにしながら陸くんを見ている。

陸くんの容姿が整っていることを、再確認した。

私を見て、一瞬目を見開いた陸くん。

その後、ふっと柔らかい笑みを浮かべた。

「……綺麗だよ、花恋」

　え……？

　あ、ドレスがかな。

「うん、やっぱり似合ってる」

　似合ってる……？

　どこからどう見ても、今の私とドレスはアンバランスだ。

「あはは……あ、ありがとう」

　褒めないと失礼だと思ったのかな。陸くんは優しいな。

　それに、私にもお世辞を言ってくれるなんて、やっぱり女の子慣れしているなと思う。

　こんなにイケメンだから、きっといろんな子と付き合ってきたんだろうなぁ。

「もしかして、俺がお世辞言ってると思ってる？」

　私の反応に、陸くんが困った顔をしていた。

「俺、本気だよ。俺には花恋が、誰よりも可愛く見えてるよ。というか、もう花恋しか見えてないから」

　私が可愛く……？　それは、こう……ペット的な可愛さってことかな？

　そうだとしても、喜んでいいのかわからない。

「おえぇええ……」

　え……響くん!?

「……何、盗み聞き？」

「ちゃうわ!!　見張りや!!　つーか教室のど真ん中で話しとったら嫌でも聞こえるやろ！」

　響くんと蛍くんも、教室にいたのか、こっちに駆け寄ってきてくれた。

「お前、隙あらば口説こうとすんなや！」

「好きな子に気持ちを伝えることの何が悪いの？」

「お前の過去の行い思い出してみろや……あれだけ花恋に嫌がらせしておいて」

　3人が何を話しているのかわからないのはもういつものことなので、慣れてしまった。

　きっと男の子には男の子にしかわからない会話があるんだろうなと、微笑ましい気持ちで見つめる。

　響くんと蛍くんは、何やら私をじっと見て黙り込んでいた。

　ん……？

「か、花恋、その……俺も似合ってると思うで……」

「ま、まあまあかな」

　あ、衣装のことかっ……。

「えへへ……ありがとうふたりとも……」

　お世辞を言わせてしまって申し訳ないな……と思いながら、お礼を言った。

「それじゃあ、衣装ありで1回通してみます！」

　演劇部さんの発言に、「はい！」と返事をした。

　文化祭まで後少し……完璧に演じられるように、仕上げなきゃ！

　午後の文化祭の準備が終わったら、放課後は生徒会。

　生徒会室はやっぱり慌ただしくて、頻繁に役員さんたちが出入りしている。

　みんな校内中を走り回っていて、へとへとの人もいた。

　私は事務仕事が多いから、皆さんから受け取った情報をまとめたりしている。

　正道くんも、忙しそうだな……。

　ずっと仕事をしているけど、集中力きれないのかな……？

　不思議に思ってじっと見つめていると、正道くんが私の視線に気づいたのかこっちを見た。

「ど、どど、どうしたんだ一ノ瀬……!?」

　ぼぼっと顔を真っ赤にしている正道くんに、邪魔をしちゃったと反省した。

「な、何もないんです、ごめんなさい……！」

「い、いや！　何かあったらいつでも言ってくれ……！」

　心なしか、嬉しそうな正道くん。

　また集中モードに入って、テキパキと仕事をこなしていた。

　すごいな、正道くんは……。

　なんだかんだ言いながら、会長という仕事をまっとうしている正道くんを尊敬する。

　私も今日は、残ってお仕事を手伝おうかな。

　実は、今日は天聖さんと一緒に帰れないことになっているんだ。

　天聖さんに用事があるらしく、午前中に学校を出て行ったから。

　こんなことは初めてだったから、何かあったのかなと心配になったけど、聞いていいかわからなかったから追求は

しなかった。

　いつもは天聖さんを待たせてしまっているから時間になったら急いで帰っているけど、今日は帰りが何時になっても平気。

　他の役員さんたちは残ったりしているし、私もたまには協力したい。

　18時になって、他の役員さんたちがぞろぞろと帰っていく。

　私は一旦職員室に届け物があって生徒会室を出たけど、戻って来た時には正道くんしかいなかった。

　もうみんな帰ったのかな……？

　そういえば、伊波さんも今日は用事があって生徒会を欠席している。

　私はそっと、正道くんに近づいた。

「正道くん、お疲れ様」

「え……！」

　正道くんは驚いた様子で顔を上げてから、こそっと耳打ちしてくる。

「は、話しても、いいの……？」

　もうみんな帰ったみたいだし、会話を聞かれることもないはず。

「誰かが来たら、仕事の話をしてたって言おう」

　そう言うと、正道くんはぱああっと顔を明るくさせた。

「最近すごく忙しそうだけど、大丈夫？」

「あ、ああ……！　余裕だよ……！」

「ふふっ、正道くんはすごいね」

「そ、そんな……」

　照れている姿が可愛くて、口もとがゆるむ。

「その、帰らなくていいの……？」

「うん！　今日は平気だよ。私も何か手伝えることある？」

「い、いや、カレンは何もしなくていいよ……！」

　ぶんぶんと、首を横に振る正道くん。

「何も……しなくてもいいけど……」

　……ん？

「もう少し、一緒にいてくれない……？」

　正道くんは弱々しい声でそう言って、私を見つめてきた。

「うんっ」

「あ、ありがとう……！」

　生徒会の時の厳しい正道くんからは想像もつかないような、むじゃきな満面の笑み。

　その日は遅くまで、ふたりで仕事をしながらたわいもない話をした。

独占欲のぶつかり合い

【side 正道】

　ついに、文化祭が明日に迫った。

　クラスでは劇の最終調整、生徒会では業務に終われ、いつも以上に怒涛のスケジュールだ。

　今は明日に備えて、体育館ホールでリハーサルを行っている最中。

「絹世、ジュリエット似合ってるよ」

　衣装に着替えた絹世の姿を見て、椿がそんなことを言っている。

　似合っているかどうかは別として、女には見える。

　絹世は身長が低い上に、細身で男らしさのかけらもないから。

「仁くん、面白がってるでしょ……」

「そんなことないよ。綺麗だよ」

「もーほんとに最悪……花恋には絶対に見られたくない……！」

　そんなことを言いながら、頭を抱えている絹世。

「どうして？　花恋は絶対喜ぶと思うけど。かわいーって言って」

「可愛いよりかっこいいがいいの！　……まあ、花恋にだったら可愛いでもいいけど」

「うるさい、とっとと通しでやるぞ」

　最近特に、花恋花恋とうるさくなった絹世。

　お前がずっと好きだと喚（わめ）いていたカレンだとも気づかずに……うるさいやつだ。

　自分も気づかなかったことを棚に上げて、舌打ちした。

「もとはといえば正道くんのせいなんだからね！　女子生徒が相手なら無理だとか言うから!!」

「うるさい、お前だって他の生徒と裏方をするより俺と練習をするほうがましだろう」

　こいつはこの学園の生徒は腹黒ばかりだと言って怯えているからな。

　ちんちくりんどもの何が怖いのか、僕にはさっぱりわからないが。

「それは確かに……正道くんも嫌だけど、他のみんなはもっと嫌だ……」

　馬鹿正直でどこまでも失礼なやつだ……。

　絹世の戯言（たわごと）に付き合うのも時間の無駄だな。早くリハーサルを終わらせて、生徒会に行かないと。

　正直、生徒会のほうが何倍も忙しいけれど、生徒会の時間は俺にとっては苦痛ではない。

　なんていったって、カレンがいるんだから。

　カレンと同じ空間にいられるだけで、どれだけ忙しくても幸せだ。

　それに……。

　僕はこの前のことを思い出して、口もとがだらしなくゆるむのをおさえられなかった。

　数日前、放課後の生徒会室でカレンとふたりになった。

　いつもなら長王院と帰る約束をしているから、急いで帰っていくカレン。だけどその日は約束がなかったのか、遅くまで残っていてくれた。

　久しぶりにカレンとふたりきりの時間を過ごせて、本当に幸せだった。

　あんなふうに、ふたりでいる時間が当たり前になったらいいのに……。

　そう、願わずにはいられない。

　そのためには……もっと努力して、あの男を超えて……カレンに僕を好きになってもらわないと。

　リハーサルを終えて、すぐに生徒会室に向かう。

　カレンのいる空間は幸せだったけど、今日はあまり生徒会室にはいられなかった。

　文化祭の前日ということもあり、忙しくて走り回っていたから。

　模擬店の設置確認を終えた頃には、もう18時になっていた。

　今から生徒会室に戻っても……もうカレンは帰っているだろうな……。

　一目でも会いたかった……と、肩を落とす。

　とりあえずまだ仕事が残っていたから、急いで生徒会室に戻っている時、昇降口で会いたくないやつと鉢合わせ。

　……長王院……。

　壁にもたれかかりながら、スマホをいじっている長王院。

　こいつは今回の文化祭もまともに手伝わず、出席もしていなかった。

　シリウスだからといって……なんでも許されると思っている態度が気に入らない。

　何より、カレンに信頼されていることが一番許せない。

　カレンも……こんな不真面目な人間と、関わらないほうがいいのに。

　僕は長王院の前で、ぴたりと足を止めた。

　気配は感じているはずなのに、少しもこっちを見ない長王院。

「……学校に来ているなら、少しは手伝ったらどうだ？」

「……」

　無視……どこまでも気に入らない男だ。

　こいつさえいなければと、何度思ったかわからない。

「……花恋と早くに知り合えたからといって、いい気になるなよ」

「……」

「お前は本当の恋人でもなんでもないんだからな」

「……」

　僕の存在なんて見えてないみたいに、微動だにしない長王院にますます腹がたった。

　いつだってそうだ。高いところから、僕のことを見下ろして……あざ笑っているんだ。

　まるでお前なんて眼中にないとでも言うかのように。

「実質、カレンをより理解しているのは俺のほうだ。生徒会でお前よりも多くの時間を共有しているし、俺と花恋には何年もかけて築いてきた関係がある」

「……それを台無しにしたのは誰だ？」

　ドクッと、心臓が嫌な音を立てた。

　僕を見もせず、スマホをいじったままの長王院に、何も言い返せなくなる。

　そうだ、こいつはいつもそう。

『黙れ二番星』

　僕が一番言われたくない言葉を、正確にわかっている。

　ようやくスマホから目を離し、僕を見た長王院。

「さっきから何が言いたい？　俺と何を張り合ってるんだお前は」

「……」

「築いてきた関係なんて、お前が自分で粉々にぶっ壊しただろ？　忘れたのか？」

　う、るさい……。

「なあ、自分がどれだけ花恋を傷つけたのか、もう忘れてるんだろ」

　忘れるわけ、ないだろ……。

　僕がどれだけ、後悔しているか……お前にわかってたまるか……っ。

　いまだに、夢を見る。

　カレンが、一ノ瀬花恋として初めて僕の前に現れたあの日のこと。

　期待に満ちた顔で、僕を見たカレンの表情を。

　きっとあの日、僕がカレンに気づいていたら……今頃お前なんて、用無しだった。

　そう断言できるくらい、僕はカレンの中で特別なファンだったと思う。

　僕がヘマをしなければ、今頃カレンと一番仲がよかったのは僕かもしれない。

　そんなたらればばかりが浮かぶけれど、結局、現実は変えられない。

　今カレンの一番近くにいるのはこいつだと、自分自身が敗北を認めてしまっているから。

「俺に張り合ってくるのがいい証拠だ。お前はまだカレンの心が手に入ると思ってる」

　当たり前だ……僕は、絶対に諦めない……。

　どんな努力だって……。

「お前なら、自分を恐怖に陥れた人間を好きになれるか?」

　ごくりと、息を飲む。

　カレンにしてきた数々の行いが、脳裏をよぎった。

　やめろ……。

「……僕は、悔い改めて……」

「改めてどうにかなる問題じゃない。あの時どれだけ花恋が傷ついて、怖がっていたか……お前たちはわかってない」

　長王院はそう言って、腕を振り下ろした。

　その拳が勢いよく、僕の隣の壁にぶつかる。

　頑丈な壁のはずだ。それなのに……ボロボロと壁がはが

れている。

　長王院の顔を見ると、恐ろしい顔で僕を見下ろしていた。

「お前たちは……花恋の優しさに甘えて、許してもらった気になってるだけだ」

「……」

「実際、優しいあいつはお前らを許しただろうな」

「……」

「でも、花恋が許しても俺は許さない」

　情けないけれど、怖いと思った。

　こいつの、人を殺めてしまいそうな視線に。

「一度でもあいつを傷つけた人間を、俺は死んでも許さないからな」

　怒りだけがこもった瞳に睨まれ、冷や汗が頬を伝った。

「俺に張り合う暇があるなら……罪滅ぼしでもしてろ。お前たちの一方的な感情をあいつに押し付けるな」

　今度は、壁を足で蹴った長王院。

　激しい音とともに、壁にヒビが入った。

　本当に、殺されるんじゃないかとすら思った。

「あれ……？　天聖さん？……と、会長？」

　静かな廊下に、響いた声。

　カレン……。

　カレンが来た途端、長王院のまとう空気が変わった。

　殺気は消え、足を下ろしてカレンのもとへ歩いていく。

「ふたりで話してたんですか？」

「いや、会っただけだ。もう終わったのか？」

「はい」

「じゃあ帰るか」

　さっき僕に向けて吐いていた声とは、別人みたいな甘い声。

　きっとこいつがこんな声を出すのは、カレンにだけだ。

　カレンが、ちらりと僕を見た。

「会長、確認の帰りですか？」

「あ、ああ……一ノ瀬、お疲れ様」

「はい！　会長も、できるだけ早く帰って休んでくださいね？」

　カレンの笑顔に、少し緊張が解けた。

　どうやら、恐怖で手が震えていたらしい。長王院相手に、情けない。

「ああ……ありがとう」

「それじゃあ、また明日！」

　笑顔を残して、長王院と一緒に去っていくカレン。

　僕は今日も、ふたりの背中を見ていることしかできない。

　一体、この光景を見るのは何度目だ。

　どうして……カレンの隣にいるのが、僕じゃないんだ……。

　く、そ……っ。

　僕はその場にしゃがみこんだ。

　さっき長王院に言われた言葉の数々が、頭から離れない。

　わかってる……。

『あの時どれだけ花恋が傷ついて、怖がっていたか……お前たちはわかってない』

　自分がしたことを、忘れた、わけじゃない……。

　でも……諦められないんだから、仕方がないじゃない
か……っ。

　別に、あいつになんて許してもらわなくても構わない。

　でも……カレンは、本当はどう思っているだろうか。

『お前なら、自分を恐怖に陥れた人間を好きになれるか？』

　僕なら……。

　はっきりと、好きになれると断言できなかった。

　その日は無心で、残りの仕事を終わらせた。

　寮に戻り、すぐに風呂を済ませて食事もとらずにベッド
に横になった。

　もう……今日は何もしたくない。

　何も考えたくない……。

　そう思ったけど、役員たちに確認の連絡を入れなければ
いけないことを思い出した。

　……さすがに、連絡はしておかないと。

　中途半端な会長だと、カレンに頼ってもらえなくなる。

　そう思ってスマホを開いた時、カレンから新着メッセー
ジが入っていることに気づいた。

　え……!?

　驚いて、すぐにメッセージを確認する。

【正道くん、大丈夫？】

【さっき元気がないように見えたから、心配で】

【疲れてるなら無理しないでね！】

カレン……。

どうしよう……泣きそうだ……。

メッセージだけなのに、嬉しくて感極まってしまう。

こんな僕を心配してくれるなんて、カレンはどこまでも優しい人間だ。

何度も……その優しさに救われた。

今も……。僕は長王院の言う通り、カレンの優しさに甘えているんだろう。

好きになってほしいっていう感情を……カレンに押し付けてる。

カレンの気持ちも考えずに。

一度でもあんなことをした僕は、カレンにとって怖い存在であるかもしれないのに。

このままじゃいけない。

僕はもっと……変わらないと。

過去は変えられないから……未来を変えるしかない。

もう何度も誓ったじゃないか、これから努力するって。

あいつに正論を言われて、改めて自分が愚かだったことに気づいた。

長王院に張り合っていたことが恥ずかしい。

カレンに、心配してくれてありがとうと返事をした。

すぐに返事が来て、メッセージの最後に書かれていた【おやすみなさい】に癒される。

君を諦められない、僕でごめんね。

役員にメールを返して、ベッドの上で目をつむった。

　明日は文化祭だ……もう寝よう。

　カレンがすごく楽しみにしていた文化祭だから……カレンにとって、最高の思い出になるように、僕も最善を尽くそう。

　そう誓って、眠りについた。

　まさか、明日がカレンにとって……。

　──最悪な一日になってしまうとも、知らずに。

最悪な一日

　今日は、文化祭当日。

　生徒会役員は仕事がたくさんあるため、早朝から集まっていた。

「全員、今日は休む暇がないと思え」

　正道くんの言葉に、みんなが「はい」と返事をする。

　ハードな一日になりそうっ……。

　待ちに待った文化祭、全力で楽しもう……！

　演劇は、1年生が午前中、2年生が午後に行われる。

　私たちは生徒会の仕事をしつつ、出番が近づいたら体育館ホールに行くことになっていた。

　生徒会役員の仕事は、来場者のチェックや見回り、緊急時の対応だ。

　星ノ望学園はセキュリティが厳しいから、生徒の親族4人までしか入れないことになっている。それと、入学を希望している生徒とその保護者。

　それも、事前に申請した書類と身分証明書を確認しなきゃいけない。

　最終確認は先生たちがするけど、そのサポートが大変だとか。

　わっ……もう列ができてる……！

　正門には保護者や関係者が押し寄せていて、頑張らなきゃと気合いを入れた。

「花恋はさばくの初めてだよね。わからないことがあったら言って。俺中等部からずっと生徒会入ってるから」

　陸くんが、優しくそう言ってくれる。

　頼もしい陸くんに「ありがとう」と言うと、後ろから肩を叩かれた。

「花恋、俺に聞けばいい。俺は陸とは違って高等部の文化祭も経験しているからな」

　まこ先輩……！

　そっか、まこ先輩は２年生だから、文化祭の流れもだいたいわかるよね。

「でも先輩は去年生徒会じゃなかったでしょ？　１年で生徒会入りは厳しいですもんねぇ」

「そうだな。今の１年はそこまで倍率は高くなさそうだが、俺たちの代は逸材が揃ってるからな」

「え？　それ花恋のことも侮辱してます？」

「花恋は圧倒的１位だっただろう。俺が侮辱しているのは２位以下だ」

　ふ、ふたりとも、とんでもなく険悪な空気っ……。

　それに、ひどい貶し合いだっ……。

「おいそこ!!　喋っている暇があるなら手伝え!!」

　正道くんが止めてくれて、ほっと胸をなでおろす。

　最近ふたりの言い合い、ますます激化してる気がするな……あはは……。

「かれーん！　僕と見回り行こうよ〜！」

「お前は俺と２年の見回りだ！」

　まこ先輩に引きずられながら、連れていかれた絹世くん。

「花恋、俺たちも行こ」

　私たちも１年の見回りに行くため、ふたりで歩き出した。

　生徒会の仕事は思った以上に大変で、みんな走り回っていた。

　アイドル時代のハードスケジュールを思い出すくらいの慌ただしさ。

　なんとか自分たちの仕事をこなした後、クラスの演劇の時間になって私と陸くんは体育館ホールに向かった。

　天聖さんもみんなも私たちのクラスの劇を観にきてくれるって言っていたから、ちょっと緊張してきたな……。

　不格好なシンデレラだから、観客の人たちにも笑われるかもしれないけど……それでも、観てくれた人に楽しかったって思ってもらえる劇にしたい。

　衣装の準備をしながら、そんなことを思った。

「それじゃあ、みんなそれぞれ完璧に自分の役割をまっとうしましょう！」

　文化祭委員さんの掛け声に、「おー！」と声が上がる。

　私も最初のシーンのボロボロの服をまといながら、頬をぺちぺちと叩いて気合いを入れた。

　隣には、王子様の衣装に身を包んだ陸くんがいる。

　相変わらず似合ってるなぁ……。

「はぁ……演目、白雪姫だったらよかったのに……」

「え？　どうして？」

　ため息をついている陸くんに、首をかしげた。

　何かこだわりでもあるのかな？

　シンデレラでも白雪姫でも、王子様役は衣装もそんなに変わらないと思うけど……。

「白雪姫なら、花恋にキスできるでしょ？」

「えっ……！」

　確かに、シンデレラにキスシーンはないけど、あったとしても高校の演劇でしないと思う。

　それに……どうして、キ、キス？

「セクハラすんな!!」

　後ろから現れた響くんが、陸くんの頭を叩いた。

　あ……蛍くんもいる。

　ふたりは裏方で、ステージの裏にスタンバイしていた。

「いったいな……また邪魔ものが現れたよ」

「俺らにとってはお前のほうが邪魔やねん」

「花恋、ステージの上ではふたりきりだからね。ふたりで楽しもうね」

「クラスで、やろーが！」

　言い争いをしているふたりを見ると、少しだけ緊張がほぐれた。

　……といっても、やっぱりドキドキするっ……。

　こういうステージに立つのは久しぶりだし、高校の文化祭にしては立派なセットだということもあって、余計に緊張していた。

「緊張してる？」

　陸くんが顔を覗き込んできて、「少しだけ……」と微笑む。

「大丈夫だよ。何かあっても俺がフォローするから」

　頼もしい言葉に、こくっと頷いた。

「ありがとう、陸くん」

「花恋はただ楽しんでね」

「うんっ……！」

　クラスのみんなも、今日の日のために準備をしたり、練習したり、すごく頑張ってた。

　役をもらった人も、裏方の人も……みんなで一生懸命作りあげた劇だ。

　絶対に……いいものにしたい……！

「一ノ瀬さん、そろそろ出番です……！」

「は、はい！」

　深呼吸をして、集中する。

　……よし。

『昔々あるところに、シンデレラというかわいそうな娘がいました。姉と継母から嫌がらせを受け、使用人のように扱われていたのです』

「お姉様、お部屋の掃除が終わりました」

「それじゃあ、次は庭の掃除をしなさい。わたしたちは舞踏会に行ってくるから、帰ってくるまでに家の掃除を全部終わらせておくのよ」

「はい……」

　あわれなシンデレラの役を、精一杯演じる。

『かわいそうなシンデレラ、あたしが魔法をかけてあげよ

う』

　一度舞台からはけて……急いでドレスに着替える！

『さあ、シンデレラ。行きなさい！』

　ドレスに着替えた姿で、ステージに出ようとした時、突然腕を掴まれた。

「待って一ノ瀬さん、顔にほこりがついてる……！」

「え……？」

　慌てて振り返ると、そこには石田さんと、仲のいい女の子ふたりがいた。

　石田さんが、私の顔に手を伸ばす。

　ほこりをとってくれるのかと思ったけど……なぜか石田さんの手が、私のメガネを掴んだ。

「どうせ……ブスだからメガネを外せないんでしょ……あんたの醜態、晒してやる……！」

　え……？

「きゃっ……！」

　──ドンッ！

　メガネを外されたと同時に、強く背中を押された。

　そのまま……舞台に放り出される。

　ま、って……。

　──ガシャンッ！

　シンデレラがドレス姿で登場するシーンのために、用意されたスポットライト。

「え……」

　眩しいライトに、私の素顔が照明された。

一瞬の出来事に、頭の中が真っ白になる。

視界に映ったのは……。

観客席で私を見て、唖然としている人たちの姿。

何もかもが——崩れる音がした。

一番の願い

　メガネを外した素顔にスポットライトが当たって、観客席からは私の姿がはっきりと見えているはずだ。

　私は自分の状況に混乱して、動けなくなった。

「あれ……アイドルのカレンじゃないか……!?」

　そう叫ぶ声が、はっきりと耳に届いた。

　その時――この世の終わりのような気持ちになった。

「どうして、カレンがこんなところに……!?」

「カレン!?　本物!?」

　怖くて、手が震える。

　パニックで、頭の中は「どうしよう」という言葉で埋め尽くされた。

　バレ、た……。

　こんな状況、もう言い逃れができない。

　観客席は慌ただしくなり、みんな身を乗り出してこっちを見ている。

　息が浅くなって、ドレスの裾をぎゅっと握った。

　どうするか、考えるんだ……。

　でも、いくら考えても、どうすることもできないっ……。

　みんなが私を見てる。

　今までずっと身を潜めていたのに、こんなところで本当の姿を晒してしまった。

　もう……学校へも、通えなくなっちゃうかも……。

　とにかく、顔を隠して逃げるんだ。

　そう思ったけど、足がすくんで動かない。

「どうなってるんだ……!?　なんでカレンが!?」

「海外に行ったって噂、あれって嘘だったのか!?」

「俺、ファンなんだけど……！」

　困惑の声や歓喜の声、さまざまだったけど、たくさんの
声が会場内に溢れている。

「黒髪だし、そっくりなだけ……？」

「いやいや、ここまでの美少女普通いないだろ……！」

「近づいて本物か見てみようぜ!!」

　観客席にいる人たちが、立ち上がってステージのほうに
近づいてくる。

　早く、ここから逃げなきゃっ……。

　そう思うのに、足が動いてくれない。

　ただ怖くて、涙が滲んだ。

「花恋っ……！」

　困惑した様子の陸くんが、ステージの裏から走ってくる
のが見えた。

　けれど、陸くんよりも先に、別の人の手が伸びてくる。

　どこから現れたのか……すぐに私を抱えて、その人は走り出した。

「……掴まってろ」

　——天聖、さん……っ。

　自分のジャケットを私にかけて、逃げるように走りだし
た天聖さん。

　どうして……私が助けを求めた時に、必ず助けに来てくれるんだろう。

　さっきまで恐怖で震えて、呼吸も浅くなっていたのに、天聖さんの腕の中はどうして……こんなにも安心するんだろう。

　私は落ちないように、天聖さんの服をぎゅっと握った。

　天聖さんが連れてきてくれたのは、LOSTの溜まり場だった。

　中から鍵をかけて、私をそっとソファに降ろしてくれる。

「ここなら、誰も入ってこれないから安心しろ」

　天聖さんの優しい声に、涙が溢れた。

　私……。

「どうしよう……みんなの前で……」

　素顔を……晒してしまった……。

　みんな、気づいてた……私がカレンだって……。

　もう引退したから、騒がれるようなことじゃないかな、なんて思えない。

　だって、この前もニュースで見た。私のこと、まだ探している人がいるって言ってた。

　それに……社長とも、絶対にバレないようにって約束したのに……。

　これが……もしニュースになったりしたら……。

　私だけじゃない……この学園の人たちにも、迷惑がかかる……。

　社長にも……。

　いろんな最悪な事態が脳裏をよぎって、また息が浅くなった。

　今日の演劇も……みんな、あんなに頑張ってたのに。

　最高の劇にしようって言って、今日を迎えたのに……。

　私が……何もかも、全部、台無しにしちゃった……。

　怖い……これから、どうなるのかわからない……っ。

「大丈夫だから、落ち着け」

　天聖さんが、そっと私を抱きしめてくれた。

　いつも私に安らぎをくれるぬくもりに、さっきまでの恐怖が和らぐ。

「俺がなんとかする。だから、大丈夫だ」

　耳もとで呟かれた、これでもかというほど優しい声。

　天聖さんが「大丈夫」と言ってくれるだけで、気持ちが軽くなった。

　それはきっと……心の底から、天聖さんのことを信頼しているから。

　ぎゅっと、天聖さんを抱き締め返す。

　不安を拭うように、広い胸にすり寄った。

　いつだって、天聖さんは私の苦しみも悲しみも、消し去ってくれた。

　孤独も不安も何もかも、全部吹き飛ばして……今もこうして安心させてくれる。

　天聖さん、私……やっぱり怖いです。

　これから、どうなってしまうのか。

学校に通えなくなって、みんなに会えなくなってしまう
かもしれないことが。

何より……天聖さんに会えなくなってしまったら、どう
しよう。

もう、天聖さんがそばにいてくれる生活が、当たり前に
なってしまった。

天聖さんと離れるなんて、嫌だ……っ。

私は……。

天聖さんが──好きだっ……。

こんな時なのに、気づいてしまった。

天聖さんにしがみつきながら、離れたくないと強く願っ
た。

☆
☆
☆
☆

24th STAR
すべてに終止符を

怒りと後悔

【side 陸】

　劇が始まる少し前。

　花恋、緊張してたな……。

　自分の番が近づき、俺は花恋の後ろのほうにスタンバイしていた。

「陸さん、問題ありません！」

　衣装の最終チェックも終わり、抜かりはない。

　俺は特に緊張もしていないし、花恋と舞台に立てることを楽しみにしていた。

　きっと生徒会の人たちも、花恋の出番だけは見にきてるだろうし、LOSTのやつらも舞台裏から観客席にいるのが見えるから……全員に見せつけてやろう。

　台本にはないけど、花恋を抱きしめて頬にキスでもしたら……きっとみんなキレるだろうな。

　俺はただでさえ花恋を好きになるのが遅かったから……遅れを取り返すのに必死だった。

　とにかく花恋に俺を男として意識してもらって、俺を好きになってもらいたいから。

　あ……そろそろ花恋の出番だな。

　胸に手を当て、深呼吸している花恋の姿が見えた。

　大丈夫だよ、何かあっても俺がフォローするから。

　そう思いながら、微笑ましい気持ちで花恋を見ていた時、

黒い影が近づくのが見えた。

　目を細めると、それは石田とその取り巻きたちだった。

「あいつに恥かかすわよ……」

　ぼそっと、俺の地獄耳が石田の声を捉えた。

「どうせ、メガネを外せないのは素顔がとんでもないブサイクだからよ」

「確かに」

「だから、あいつのメガネを外して、そのまま舞台に放り出してあげましょう」

　……っ。

　まずい……！

　急いで走ったが、間に合わなかった。

　俺の視界に、石田たちにメガネを外されて舞台に放りだされる花恋の姿がスローモーションのように映る。

　ライトに照らされた花恋の素顔に、息を飲んだ。

　あまりにも、美しすぎるから。

　あれは……。

　──アイドルの、カレン……？

　驚きのあまり、少しの間動けなかった。

　……っ、ぼうっとしてる場合じゃない……！

　観客がパニックになり、花恋に近づこうとしている。

　俺自身、理解は追いついていなかったけど、とにかく今は花恋を助けないといけないと思った。

「花恋……！」

　急いで、舞台袖から花恋に駆け寄る。

　泣きそうな顔で俺を見た花恋の表情を見て──とてつもない後悔に襲われた。

　花恋を舞台に上げてしまったのは、俺だ。

　俺が、シンデレラ役に推薦したから……。

　あと少しで花恋に手が届くというところで、俺よりも先に違う手が花恋を掴んだ。

　長王院、天聖……。

　やつは花恋を抱きかかえると、颯爽と裏口から消えて行った。

　俺はその光景を呆然と見つめることしかできず、その場に立ち尽くした。

　またこいつが……花恋を救うのか。

「おい！　逃げたってことはやっぱりカレンなんじゃないか!?」

「絶対にそうだったって……！　追いかけようぜ!!」

「これ、とんでもないスクープだぞ……!?」

　花恋がいなくなっても観客たちは興奮気味で、演劇鑑賞なんてできる状態ではなかった。

「みなさん、着席してください！」

　とっさに動いたのは、舞台を観にきていたのか、その場に居合わせた会長だった。

　他の武蔵先輩や絹世先輩も立ち上がり、この騒ぎを鎮静させようとしている。

　俺も……ぼうっとしてる、場合じゃない……。

「音響係、着席するようにアナウンスしてくれ。手が空い

てるやつは出入り口も閉鎖して」

　まずはできることをしようと、指示を出した。

　けれど、舞台上の生徒たちも困惑していて、俺の指示を
まともに聞ける状態ではない。

「ねえ、あれ絶対にカレンだったよね……？」

「嘘だろ……一ノ瀬さんがアイドルのカレンだったのか!?」

「マジかよ……俺たち、カレンとクラスメイトだったってこと!?」

　ちっ……冷静なやつはいないのか……！

「陸、俺が説明する」

「え……」

　さっきまで、観客席にいた会長が現れた。

「みんな、落ち着け！　あれはアイドルのカレンではない！
容姿が酷似していただけだ！」

　会長は騒いでいる生徒たちにそう言って、落ち着かせよ
うとしている。

　いや……あれは……カレンだった。

　俺には、見えてしまったから。

　そこまで取り乱した様子はない、どこか冷静な会長を見
て、ひとつの憶測が生まれる。

　もしかして……会長は花恋がアイドルのカレンだってこ
とを……知ってたのか……？

『先ほどの舞台にいた生徒につきましては、容姿が似てい
るだけであり、憶測されている芸能人本人ではありませ

ん。演者の体調不良により、一時休演といたします』

　会長のアナウンスで、少しは体育館ホールが落ち着いた。

「似てるだけ……？　本当か……？」

「あんな美人がいたら、見間違えないと思うんだけどな……」

「でも、カレンがいるはずなくない？」

「俺はカレンだったと思うけど」

　完全に疑いが晴れたわけではないのか、ホール内に不信感が漂っている。

　とりあえず、観客を着席させることはできた……。

「プログラムを再開させろ。1－Aはもう飛ばして構わない。Bクラスから再開だ」

　会長の指示に、Bクラスのやつらが準備を始めた。

　俺たちAクラスは、一旦控え室に戻る。

　花恋……無事かな……。

　俺は……守れなかった……。

「どうしよう……！　劇が台無し……！」

　控え室の席に座り俯いていると、石田の声が聞こえた。

「ていうか、一ノ瀬さんがカレンなわけないでしょ？　似ては、いたけど……」

　どうやら石田と取り巻きたちは、花恋がアイドルのカレンだとは思っていないらしい。

「一ノ瀬さんはどこに行ったの……!?」

「主役のくせに放り出すとか責任感なさすぎるよね……」

　こいつら……。

「しらばっくれるなよ……」

　どこまで厚顔無恥な女たちだ……。

　自分でも驚くほど、低い声が出た。

「陸様……？」

　その場にいた全員が、怯えた顔で俺を見ている。

　俺は顔を上げて、石田たちを睨みつけた。

「俺、舞台裏から見てたよ、お前たちの姿」

「えっ……」

　まさか見られていたとは思っていなかったのか、青ざめた石田と取り巻きたち。

「一体なんのはな──」

「とぼけるなって言ってるだろ!!」

　感情的な大きな声を出すと、石田たちは一層顔を青くさせた。

　怯えているのか、肩を震わせている。

　少しもかわいそうなんて思えないし、むしろ怒りが膨れ上がる一方。

　お前たちの何倍も……花恋は怯えていた。

　あの顔が……頭から、離れない……っ。

「お前たち、ただで済むと思うな……俺が地獄に落としてやるからな」

「そ、そんな……」

「喋るな!!　鬱陶しい……っ」

「おい陸、落ち着け……！」

　いつからいたのか、響が俺を止めた。

「女殴る気か」

「……」

　殴ってやりたいよ、できることなら。

「とりあえずそいつのことは後回しや。お前生徒会やろ、この騒動どうにかできへんのか……！」

　ホール内は一旦落ち着いたとはいえ、ホールから出た人間たちがカレンのことを言いふらし、校内ではまだ騒ぎが起きている。

　あのカレンが校内にいると、探し回っている人間もいるだろう。

「今は、俺たちができることをするぞ」

　……くそ……。

　蛍に言われたことも、怒りが収まらない自分も情けない。

「……ああ」

　本当にごめん、花恋……。

　全部俺のせいだ……。

　俺が守るなんて言ったくせに……怖い思いをさせて、ごめんね。

「お前たちは……知ってたの？」

「え？」

　控え室を出て、響と蛍にそう聞いた。

「花恋がカレンだってこと」

　こいつらの様子からして……きっとそうなんだろう。

　普通なら、響なんか一番取り乱しそうなのに……やけに冷静だ。

「……さっき会長がアナウンスで、カレンちゃうってゆっとったやろ」

　ごまかすつもりなのか、そう言って目を逸らした響。

「俺はこの目で見たから。見間違えるはずない」

　そういえば、「あー……」と唸ったあと、困りはてた様子で髪をかいていた。

「……その話はまた今度や」

　やっぱり……知ってたのか……。

「とりあえず、今は長王院さんと一緒におるはずやから、俺らはこの騒ぎをどうにかせな」

　そう聞いて、あいつへの嫉妬心が湧き上がる。

　あいつもきっと……知ってたんだろうな……。

　もしかしたら……俺だけが知らなかったのかもしれない……。

　当たり前だ……あんないじめをしていた相手を……そんなにすぐ信用できるわけない。

　俺には、到底言い出せなかっただろう。

　花恋がカレンだと知っても、俺の気持ちは少しも変わらない。

　ただ……最初ブスだ地味だと揶揄していた自分が恥ずかしくなった。

　遅れを取り戻そうって、必死に頑張っていたつもりだけど……。

　もう俺とこいつらの差は、埋まらないのかもしれない。

　それでも花恋を諦めるなんて選択肢が浮かばない俺は、

相当花恋に惚れ込んでいるのだと……こんな時なのに、皮肉にも改めて痛感した。

温もり

　こんなことになるまで自分の気持ちに気づかないなんて、私はバカだ。

　きっと、天聖さんといると緊張するようになった時から……ううん、もっと前から、好きな気持ちはあったはずなのに。

　こんな時に気づいてしまうなんて、不謹慎だと思った。

「騒動が落ち着くまではここにいろ」

　そう言って、頭を撫でてくれる天聖さん。

　私はこくりと、深く頷いた。

　ブー、ブーと、スマホのバイブ音が響く。

　私のスマホはカバンに入ってるから、天聖さんのだ。

「……響だ」

　天聖さんは、出るぞと私に報告してから電話に出てくれた。

「どうした？」

『長王院さん……!?　今、花恋と一緒っすか!?』

　スピーカーじゃないのに声が漏れるくらいのボリュームで喋っている響くん。

「……ああ」

『ってことは、無事なんっすね……よかった……』

　声のトーンから、どれだけ心配をかけたのかがわかって、申し訳ない気持ちになる。

　きっと……私がいなくなって、クラスのみんなも今頃迷惑しているはずだ。

　本当に、ごめんなさい……。

『今どこか聞いてもいいですか？』

「溜まり場だ」

『それなら安心っすね……当分そこから動かないほうがいいっす。今、カレン探しみたいな状況になってて……』

　さっきより声は小さいけど、うっすらと聞こえた響くんのセリフ。

　……っ。

『生徒会が必死に生徒たちを止めてるんっすけど……』

「わかった。何かあれば連絡してくれ」

　天聖さんが、そう言って電話を切った。

「響たちが収拾してくれているらしい」

　私に気を使ってか、騒動になっているとは言わない天聖さん。

　その優しさに、胸が苦しくなった。

「もう少しすれば、俺の家の車が来る。裏口から帰ろう」

　何から何までしてもらって……とんでもなく迷惑をかけてしまっている。

　罪悪感で、胸がいっぱいになった。

　これから本当に……どうなってしまうんだろう……。

　そう不安に思っていると、ドンドンと扉を叩く音がした。

「天聖、開けて」

　仁さんの声……？

　天聖さんも、仁さんなら大丈夫だと思ったのか、扉を開けた。

　蛍くんの姿もあって、焦った様子のふたりが入ってくる。

　私を見て、安堵の表情に変わったふたり。

「花恋……無事でよかった……」

「鍵閉めろ」

　天聖さんにそう言われて、鍵を閉めた仁さんと蛍くんが私のところに歩み寄ってきてくれた。

「これ、花恋のカバンです」

「ありがとう……」

　蛍くんからカバンを受け取って、お礼を言った。

　着替えもスマホも、全部カバンの中に入っていたから、よかった……。

「響は見張りも兼ねて外にいるって言ってました」

「大河も……カレンを探すって暴れてる生徒たちを抑制してるよ」

　響くん、大河さん……。

「ごめんなさい……私、文化祭を台無しにして……」

　きっと今ごろ……学園の生徒みんな、文化祭を楽しんでいたはずなのに……。

「お前のせいじゃない。陸が見ていたらしい」

「え？」

　蛍くんの発言に、首をかしげた。

「石田たちにメガネ外されて、舞台に放り投げ出されたんだってな」

　陸くんが見てたってことは……陸くんには、私が元アイドルのカレンだってこと、バレてしまったのかな……。

「陸が珍しくブチギレて、あいつらに全部吐かせたんだ。花恋の素顔がきっとブサイクだと思ったから、大衆の面前に晒してやろうと思ったらしい」

　そう、だったんだ……。

「あいつ……命令制度があるからもう懲りたと思ってたけど、ずっと花恋に復讐する機会を見計らってたみたいだ」

　石田さん……。

　仲良くなれるかもしれないって……一瞬でも期待した自分が恥ずかしい。

　そこまで恨まれていたなんて……気づかなかった……。

　でも、石田さんもきっと、あんなことをしてしまうくらいいっぱいいっぱいだったのかもしれない。そこまで追い込んでしまったのは……私だ……。

「その生徒の処分は後で考えればいいよ。とりあえず……まだカレンだって完全にバレたわけじゃないし、ほとぼりが冷めるまでは家にいたほうがいい。明日から代休も含めて３日間は休みだし、様子を見よう」

　確かに、メガネが外れていたとはいえ、私だって確定したわけではないと思う。

　ただ、石田さんや、近くにいた子たちは、私がカレンだって気づいただろうし、私が舞台から姿を消したことがそれを決定付けてしまった。

　どちらかといえば、バレた可能性のほうが高い。

　それより……。

「あの……文化祭は、どうなってますか……？」

　どういう状況に、なってるんだろう……。

「……心配しなくても大丈夫だよ」

　いつもの笑顔でそう言ってくれたけど、私は一瞬仁さん
の表情が曇ったのを見逃さなかった。

　きっと……もうめちゃくちゃになってるはず……。

　私が泣いていい立場じゃないってことはわかっているけ
ど、それでも溢れてくる涙をこらえきれなかった。

「花恋……！　泣かないで……」

「ごめんなさい……」

　平穏な生活なんて……やっぱり私は望んじゃいけなかっ
たのかもな……。

　現に、私がきたことで……この学園の文化祭を台無しに
してしまった。

　みんなの平穏を奪って……高校生活の思い出を、めちゃ
くちゃにしてしまったんだ。

「お前が謝る必要はない」

「長王院さんの言う通りだ。お前だって被害者だろ」

　蛍くんが慰めてくれるのは嬉しいけど、私が被害者面し
ていいわけない。

　そもそも、私がこの学園に来なければ……。

　私がいなかったら……。

「落ち着け」

　天聖さんが、私の肩を抱き寄せた。

「悪い方向にばかり考えなくていい。言っただろ」

　ぽんっと、頭を優しく撫でられる。

「何かあっても、俺がどうにかする」

　その言葉に、心が少し落ち着いた。

　スマホの音が鳴って、天聖さんが画面を見る。

「車が来た……行くか」

　天聖さんがお迎えを頼んでくれた車が到着した連絡だったのか、私をそっと立ち上がらせた天聖さん。

「カバンの中に制服が入ってるので、着替えてきます」

　さすがにこのドレスだとバレるだろうから、せめて制服のほうがいい。

「ドレスは俺が返しておく。早退の手続きもしておくから、心配すんな」

「ありがとう蛍くん……仁さんも」

　大河さんも、響くんも……みんな、本当にありがとう……。

　今は、お礼を言うことしかできなかった。

　人の気配がないことを確認して、裏口からそっと学校を出る。

　そして、天聖さんのお家の車に乗せてもらった。

　なんとか、学校から抜け出せた……。

　ほっと、車内で安堵の息を吐く。

　そういえば……スマホ、確認しなきゃ。

　連絡が来ているかもしれない……。

　そう思ってスマホを開いた時、ちょうど着信を知らせる

画面に変わった。

「あっ……」

「どうした？」

「正道くんから電話がきました……。出てもいいですか？」

「ああ」

　生徒会の仕事のこともある。まだ午後の仕事も残っていたから、勝手に学校を出てきてしまったことを謝らないと。

　電話に出ると、すぐに大きな声がスマホ越しに聞こえた。

『カレン……!?　無事なのか……!?』

　声色から、正道くんにどれだけ心配をかけたのかがわかって申し訳ない気持ちが溢れた。

「無事だよ。正道くん、迷惑をかけてごめんなさい……」

　きっと正道くんの耳にも入っているだろうし……電話で響くんが、生徒会が騒動を落ち着かせてくれていると言っていたから、正道くんが動いてくれたに違いない。

　ただでさえ忙しいのに……正道くんへの負担は計り知れなかった。

『迷惑なわけない……！　というか、陸から話は聞いた。今どこ？』

「天聖さんが車を用意してくれて、家に帰ってるところです」

『そっか……うん、家で少し休んだほうがいいよ。文化祭のことは気にしないで。カレンのことだから責任を感じているだろうけど……気負わないでね。こんな騒動くらい、すぐに収められるから』

　心強すぎる言葉をかけてくれる正道くん。

「ありがとう……」

『……な、泣いてるの？　本当に大丈夫だからね……！
カレンは何も悪くないから』

　どうしてみんな……そんな優しい言葉ばかりくれるんだ
ろう。

　みんなの優しさに、罪悪感が募る。

　もういっそ、私のせいだって責めて欲しかった。

　私は……そのくらいのことをしてしまったんだから。

　マンションに着いて、こっそりと中に入る。

　追いかけてきているような車もなかったし、誰にもつけ
られていないはず……。

「天聖さん、本当にありがとうございました……」

　家の前に着いて、頭を下げた。

　天聖さんがいなかったら、今頃どうなってたか……。

　私はいつだって、助けれられてばっかりだ……。

「花恋、俺の家に入るか？」

「え？」

　突然の提案に、顔を上げる。

「ひとりだと心細いだろ」

　天聖さんはそう言って、頭を撫でてくれた。

　……っ。

　この人は……どこまで優しいんだろう。

　どうしていつも、言わなくてもわかってくれるんだろう。

　甘えても、いいのかな……。

「……一緒に、いてほしいです」

　正直にそう言うと、天聖さんは嬉しそうに微笑んでくれた。

「ああ。お前が望むなら、ずっといる」

　天聖さんにそっと肩を押されながら、天聖さんの家に入らせてもらう。

　安全な場所に入って安心したのか、今まで張り詰めていた糸が切れたみたいに涙が溢れ出した。

「……どうして泣くんだ？」

　天聖さんが、私と視線を合わせるように、かがんで顔を覗き込んでくる。

「天聖さん……私……」

　もう、今頭の中がぐちゃぐちゃで……。

「泣くな」

　そっと、抱きしめられた。

「……いや、今日はもう好きなだけ泣けばいい。そばにいる」

　耳もとで囁かれた優しい声に、涙が止まらなくなる。

「……っ、うっ……うわぁぁん……」

　私は天聖さんの腕の中で、子供のように泣きじゃくってしまった。

　抱きしめられて安心するのに……。

　この温もりがなくなってしまうと思うと、怖くて怖くてたまらなかった。

離さない

　泣きじゃくった後、私は眠ってしまっていたのか、目が覚めたらベッドの上だった。

　起き上がってそっとリビングに行くと、ソファでパソコンを操作していた天聖さんの姿があった。

「あの……」

「起きたか？　体調はどうだ？」

　私に気づいた天聖さんが、自分の隣をぽんぽんと叩いて座るように合図してくれた。

「へ、平気です……！」

　そう返事をして、そっと隣に座る。

「そうか。よかった」

　いつものように、優しく頭を撫でてくれた天聖さん。

　天聖さんに撫でられるの、好きだな……。

　って、それより、さっきのこと謝らなきゃ……。

「泣きわめいて、ごめんなさい……」

　泣き疲れてベッドまで運んでもらうなんて……天聖さんには醜態ばかり晒してしまっている気がする。

「別に喚いてはなかったぞ。それと、ごめんはいらないってずっと言ってるだろ？」

　まるで子供に言うみたいな、優しい言い方。

　今きっと、私は甘やかされているんだと思うくらい、甘い声だった。

「何か食べるか？」

「食欲が湧かなくて……」

「そうか。それじゃあ、飲み物を入れてくるから座ってろ」

　また頭を撫でられて、こくりと頷いた。

　すごく甘やかしてもらってる……。

　いいのかな……こんなにしてもらっても……。

　そう思った時、ポケットに入っていたスマホが震えだした。

　あれ……電話？

　すぐに確認すると、画面に映し出されたのは「陸くん」の文字。

　ドキッと、心臓が跳ね上がる。

　そういえば……陸くんは、全部見てたって言ってたよね……。

　ちゃんと、話さなきゃ……。

　意を決して、電話に出た。

『もしもし花恋？　今、電話平気？』

　その話し方から、焦っているのが伝わってきた。

「うん、平気だよ」

『会長から、家に帰ったって聞いた。……ごめん、全部俺のせいだ』

　陸くんの苦しげな声に胸が痛む。

『俺、花恋の事情も知らないで、シンデレラ役に推薦なんかして……それに、石田たちのことも……』

「陸くんは悪くないよ……！　私が不注意だったから……」

　全部、自分のせいだってわかってるんだ。

　もとはといえば、陸くんにも話していなかった私に責任がある。

　普通、同級生にそんな事情があるなんて、思うわけないから。

『守るって約束したのに……また怖い思いさせて、ごめん』

「謝らないで陸くん。本当に陸くんのせいじゃないからね。私のほうこそ……舞台を台無しにしてごめんなさい」

　陸くんだって、生徒会で忙しい中、みんなを引っ張って王子役をしてくれていたのに……。

「それに……隠していたことも……」

　全部全部……ごめんなさい……。

『謝らないでは俺のセリフだよ……花恋が何者でも、俺の気持ちは変わらないよ。俺にとって唯一、大切な女の子だから』

　陸くん……。

　大事な女友達だと言ってもらえた気がして、嬉しかった。

『忙しい時に連絡してごめん。どうしても謝りたかったんだ……』

「ううん。連絡してくれてありがとう」

『これ以上大事にならないように最善を尽くすから。また連絡するよ』

　その言葉を最後に、電話は切れた。

「誰だ?」

　わっ……!

　驚いて顔を上げると、マグカップをふたつ持った天聖さんの姿が。

　天聖さんはひとつを私に手渡して、隣に座った。

　ココアだ……。

「陸くんです……同じクラスの子で……」

「……ああ、あいつか」

「みんな、全然怒らなくて……大丈夫だよって、優しい言葉ばっかりかけてくれるんです……」

　陸くんも正道くんも、仁さんも蛍くんも……そして、天聖さんも。

「だから、もっと申し訳なくなって……」

　ずっと、胸が痛い。

　きっとこれからも……みんなに迷惑をかけ続けるんだと思ったら、自分を嫌いになってしまいそう。

「周りのやつらがお前に優しいのは、お前が優しいからだ」

「え……？」

　天聖さんの言葉に、顔を上げる。

「相手が花恋じゃなかったら、誰も助けようとは思わない。わかるか？　周りが優しいんじゃない。お前が優しくさせてるんだ」

　そう言って、天聖さんはそっと、私を引き寄せた。自然と、天聖さんの肩に頭を預けるような体勢になる。

「申し訳ないなんて思わなくていい」

　そんなふうに言ってもらえて、とても救われた気がした。

「はい……」

218

天聖さんの言葉には、魔法が込められているみたい。

いつだって私の不安を消してくれる。

今は……少しでも騒ぎが大きくならないことを祈ろう。

スマホがまたブーと震えていて、画面を見た。

うわっ……。新着メッセージがいっぱい……。

「みんなからいっぱいメッセージが来てました……」

「ああ。俺にも来てた。文化祭は無事に終わったらしい」

あ……そうだったんだ……。

「だから、安心しろ」

今は……落ち着いてるのかな……。

「もう人の心配なんかしなくていいから、今は自分のことだけ考えてくれ」

私の肩を抱いたまま、優しい声で囁いた天聖さん。

「お前はいつも、自分のことをないがしろにするからな」

そんなことはないと思うけれど、もしそうだったとしても……いつも天聖さんが、私の感情を大事にしてくれていた気がする。

いつだって私の気持ちを、私以上に大切にしてくれた。

天聖さんに対して……「愛おしい」という感情が込み上げる。

私、これからもLOSTのみんなや生徒会のみんな……天聖さんと、一緒にいたい。

穏やかな日常が、続いてほしいよ。

「……花恋？」

ぎゅっと、天聖さんの服をつまむ。

「……大丈夫だ。俺はお前から離れない」

　まるで私の心の中を読んだかのように、天聖さんがそう
言った。

「お前のことも、離さない」

　そっと伸びてきた腕に、強く抱きしめられる。

　私も……離れたくないです、天聖さん……。

言えない二文字

　翌日。目が覚めると、天聖さんのベッドにいた。

　あ……そういえば、昨日は天聖さんの部屋に泊めてもらったんだ……。

　天聖さんはもう起きているのか、姿が見当たらない。

　私も、起きよう……。

　何時かを確認するためスマホを開くと、社長から新着メッセージが来ていた。

　え？　社長がメッセージを送ってくれるなんて、珍しい……。

　そう思ったと同時に、嫌な予感がした。

　もしかして……。

　不安を抱きながら、そっとメッセージを開く。

【記事が出てるわ。今話せる？】

　短い文章と一緒に、添えられたURL。

　サーッと、血の気が引いた。

　記事……って、昨日のこと、だよね……。

　やっぱり……マスコミに話が漏れたんだ……。

　見るのが怖かったけれど、目を逸らすわけにもいかず、震える指でURLを開く。

「なに、これ……」

　想像していた以上にひどい見出しに、顔が青ざめた。

【ついにカレンの新情報が!?】

【現在は星ノ望学園に在籍？　引退理由は恋人の存在⁉
相手はあの長王院グループの御曹司⁉】

　ま、って……どうして、天聖さんのことまでっ……。

　星ノ望学園の生徒からの有益な情報⁉と書かれている動
画があって、恐る恐る再生する。

　そこには、星ノ望学園の制服を来た人がインタビューに
答える様子が映し出されていた。

『まさかあの子がカレンだとは誰も思っていませんでした
けど……長王院グループの御曹司と付き合ってるって話は
校内じゃ有名ですよ。ていうか、みんな知ってます』

　……っ。

　最悪なことになってしまった。

　私のことだけなら、まだよかったのに……。

　天聖さんを、巻き込んでしまった……っ。

　記事の閲覧数も、すごい数だ。これを……収束できると
は到底思えない。

　ニュースでは今頃、このことが取り上げられているかも
しれない。私のせいで、天聖さんだけじゃなく天聖さんの
お家にまで迷惑がかかっているのは明白だ。

　とにかく……社長に、電話……。

　私はさっき以上に震えがひどい手で、発信ボタンに触れ
た。

　ワンコールもしないうちに、通話に出てくれた社長。

『花恋……⁉　今どこにいるの⁉』

　きっと……事務所にも、マスコミが押し寄せてるのかも

しれない……。

「社長……ごめん、なさい……」

　私はきっと、甘く見ていたんだ。

　最近、カレンだっていろんな人にバレていたのもそう。

　こんな事態になってしまうなんて……。

　社長と最初に、誰にもバレないように気をつけるって、約束したのに……。

『謝らなくていいわ……！　とにかく、場所だけ教えてくれる？　今すぐ高御堂に迎えに行かせるから……！　どこかにいるより、事務所にいるほうが安全よ……！　今マスコミがこぞってカレンを探してるから……』

　まるで指名手配されているような気持ちになって、怖くて手の震えが治らない。

「マンションに、います……」

『わかったわ！　すぐに向かうから、変装して出てきなさい！　マンションはまだ知られてないでしょうけど……念の為周りには注意してね』

「はい……」という返事は、消えそうなくらい情けない声だった。

　行かなきゃ……。

　天聖さんの隣の家に住んでいることがバレたら、もっと大事になってしまう。

　天聖さんは、迷惑なんて思わなくていいって言ってくれたけど……もう、嫌だ。自分のことに……大切な人を、巻き込みたくないっ……。

　もう十分巻き込んでしまっているけど、まだ間に合うな
ら……今すぐに、天聖さんから離れなきゃ……。

　こんな記事が出てしまったら……。

　もう……。

　そばに、いちゃいけない……。

　私は起き上がって、そっとリビングに移動する。

　ソファに座っている天聖さんが、私に気づいてこっちを
見た。

「……起きたか？　朝食あるけど食べるか？」

　いつもと変わらない、優しい声。

　あの記事のこと……天聖さんもきっと、知っていると思
う。

　だって、天聖さんの名前が出たんだから、知り合いの人
もみんな天聖さんに連絡をしているはずだ。

　それなのに……知らないふりをしてくれてるのかな。

　だったら……私も知らないふりをしよう。

　何も言わずに、ここから出ていくんだ。

「天聖さん……私、事務所に行ってきます」

　私の言葉に、顔色を変えた天聖さん。

「……安全なのか？」

「はいっ。社長たちとも、話をしなきゃいけなくて……」

「……そうか」

　一瞬何か言いたげな顔をした後、すぐにいつもの柔らか
い表情に戻った天聖さん。

「送っていく」

224

「いえ、もう迎えにきてくれてるみたいで……なので、平気です！」

「……いや、ひとりは危ない。そばにいさせてくれ」

　天聖さんの言葉に、胸が痛くなった。

「事務所には、関係者しか立ち入れなくて……だから、ごめんなさい」

　この人にだけは正直でいたいと思っていた人に、嘘をついてしまった。

「……わかった。帰ってきたら教えてくれ」

　天聖さんは何か言いたげな顔をしながらも、わかってくれた。

　帰ってきたら……。

「はい！　すぐに戻ってきます！」

　これ以上嘘はつきたくないのに、嘘しかつくことができない。

　ごめんなさい、天聖さん……。

　きっともう、私はここには戻ってくることができない気がする。

「何かあればいつでも連絡しろ」

「ありがとうございます」

　笑顔を返して、家を出るため玄関に向かう。

　扉を開けようとした時、手を掴まれた。

「花恋」

　えっ……。

　天聖さんの唇が、そっと私のおでこに触れた。

「……俺がいるってこと、忘れるな」

　ぐっと、こみあげそうになった涙をこらえた。

　笑顔、笑顔だ私……。

　最後は……笑顔で別れなきゃ。

「はいっ」

　満面の笑みを残して、家を出た。

　一度自分の家に入ってから、必要最低限の荷物を持って
マンションを出る。

　どうしてか……もう一生天聖さんに会えなくなるよう
な、そんな予感がして、どうしようもなく泣きたくなった。

　天聖さんにキスをされた時……思わず、言ってしまいそ
うになった。

　"好き"……って。

　でも、言えない。

　きっと天聖さんは、全力で私を守ろうとしてくれるはず
だ。うぬぼれなんかじゃなくて、そう断言できるほど、天
聖さんは今まで私を守ってくれていた。

　自分を犠牲にしても、私を守ろうとしてくれる天聖さん
の……負担にはなりたくない。

　輝かしい未来が待ってる天聖さんの顔に、泥を塗るよう
なことはしたくない。

　マンションのロビーに着くと、久しぶりに見る高御堂の
姿があった。

　高御堂は警戒するように辺りを見渡してから、私のほう
に駆け寄ってきてくれる。

「大丈夫か？」

「……高御堂……ごめんね、こんなことになって……」

「謝らなくていい。とにかく、一旦仮事務所に行くぞ」

　仮……ってことは、今事務所も入れない状態なのかな……。

「事務所にも、マスコミが集まってるの……？」

「……多少な」

　高御堂の言い方からして、きっと多少では済まない状態になっているんだろうと察した。

　ふたりで車に乗って、私は目立たないように後部座席に座る。

「高御堂……」

「ん？」

「ごめんなさい……」

「だから、謝る必要は……」

「約束も守れなくて……本当にごめんなさい……っ」

　考えが、甘かったんだ……。

　昨日から、後悔ばかりしている。

　もっと石田さんたちを、警戒しておくべきだった。

　メガネを外されるなんて、思ってもいなかった自分の危機管理能力の甘さに問題があった。

　それに……配役の時にもっとちゃんと、シンデレラ役を拒否するんだった。

　私が……。

　……普通の高校生活を送りたいなんて、贅沢を言わなけ

れば……星ノ望学園に行かなければ、こんなことにはなら
なかったのに……。
「もう謝らなくていい。カレンへの……世間の執念が強す
ぎただけだ」
　高御堂も、私を責めなかった。
　きっと社長だって、私を責めるようなことは言わない。
　優しい人たちを……なんて目に遭わせてるんだ、私は。
「花恋、スマホの電源は切っておけ」
「え？」
「誰が敵か味方かわからない。外との繋がりは遮断しろ」
　そう、だよね……。
　自分の甘さから、こんなことになったんだ。
　連絡先を交換している人たちのことは、みんな信頼して
いるけど……何が原因で情報が漏れるかはわからない。
　心配をかけてしまうかもしれないけど……今は高御堂の
言う通りにしよう。
　家族に連絡を入れてから、私はそっとスマホの電源を落
とした。

協定は結ばれた

【side 正道】

　文化祭の翌日。

　学校は休日だが、寮内が異常に騒がしかった。

「なあ聞いた!?　昨日カレンがうちの学校にいたらしいぜ!」

「お前知らないのか!?　あの一ノ瀬花恋がカレンだったらしい……!」

　……ちっ。

　どこに行っても、カレンだ一ノ瀬だと騒がしい……。

　昨日は事態を収束できたものの、目撃者の誰かがマスコミにリークしたらしい。

　一ノ瀬花恋は……アイドルのカレンだと。

　昨日から……苛立って、仕方がない。

　そして……カレンがいなくなってしまうんじゃないかと、不安でたまらなかった。

　とにかく、僕は僕のできることをしよう。

　石田たちの処分と……カレンの情報がこれ以上流れないように、生徒への注意喚起と、マスコミへの手回し……やることが多すぎるな。

　そんな忙しい中、僕は伊波とともに生徒会室に向かっていた。

「とにかく来て!」という連絡が絹世から入ったからだ。

ちっ……どうして休日にも関わらず、絹世の呼び出しに応じなければいけないんだ……。

「アイドルのカレンが変装した姿が一ノ瀬さんだったらしいぞ……！」

　その上、どこへ行ってもカレンの話が耳に入って、煩わしい。

　カレンの話が嫌なのではなく、カレンのことがバレたという事実を受け入れたくなかった。

　僕や数人しか知らない秘密だったのに……。

「やば……俺、いじめられてた時、一緒に無視してたんだけど……」

「俺も……あの時、優しくしとけばよかった……」

　そんな会話が聞こえて、思わずそいつらを睨みつけた。

「ひっ……か、会長、お疲れ様です……！」

「ああ、そうだな。無駄話をしながら休日を過ごしているお前たちとは違って、俺は疲れているが？」

「ひいっ……！　すみませんっ……！」

　どいつもこいつも……鬱陶しいうやつらばかりだな。

　本当にこの学校は……。

　この、学校は……。

　ぴたりと、足を止めた。

　そういえば……僕は学校が、どちらかと言えば嫌いだった。

　だが、最近はどうだ……？

　僕は……学園生活を、楽しんでいた気がする。

　いや、楽しんでいたと言い切れる。

　それは紛(まぎ)れもなく、カレンのおかげだ。

　カレンと再会して、カレンと毎日会うことができて、この上なく幸せだった。

　この幸せを……僕は手放したくないよ、カレン。

　君を、守ってみせるから……。

　今、どこで何をしているんだろう。今朝から連絡が取れず、居場所もわからない。

　連絡を取れる状況ではないのかもしれないけど……心配だ……。

　マスコミに捕まったり、ファンに追いかけ回されたりしていないだろうか……カレンだったら十分にありえるから、不安だった。

「正道様、生徒会室に急ぎましょう」

　立ち止まった僕に、そう言ってくる伊波。

　伊波が僕に指図をしてくるのは、珍しい。

　というか……こいつは、昨日から様子がおかしかった。

　カレンのことがあってからだ。口数が極端に少なく、表情も暗い。

　いつも嫌味なほどににこにこしていて、何を言っても笑顔で流すこいつが……今は硬い表情で僕を見ていた。

「……言われなくてもわかっている」

　僕は歩みを再開し、生徒会室へと向かった。

　勢いよく扉を開けると、生徒会室の中には異様な光景が

広がっていた。

　……は？

　どうして……LOSTの人間がいるんだっ……！

　中には、生徒会の絹世、陸、武蔵と一緒に、長王院以外のLOSTの幹部が揃っていた。

　椿、榊、泉、それと……カレンにつきまとっている月下響と宇堂蛍。

　揃うはずのない面々が、どうしてこうも勢ぞろいしているんだ。

　しかも、神聖な僕たちの生徒会室に。

「おい！　ここはFS生以外立ち入り禁止だぞ!!」

「落ち着いて正道くん、僕が呼んだんだよ」

　は？

　絹世め……何を考えているんだ……！

「お前にそんな権限はない!!　今すぐ追い出せ!!」

「落ち着いてってば！　今そんな話してる場合じゃないだろ!!」

「……っ」

　珍しく、強い口調で反論してきた絹世。

　……つまり、そういうことか。

「一ノ瀬の話か？」

　こいつらが集まる理由なんて、それしかない。

「そう。急に来てごめんね。この話が終わったらすぐに帰るよ」

　落ち着いた口調で、そう言ったのは椿だった。

　こいつは胡散臭いが、まだ温厚で話が通じるやつだ。

　クラス行事にもまともに参加しない他のやつらよりはマシだと思っている。長王院と泉は論外だ。

「つーか、どうなってんだよ……花恋には連絡通じねーし……」

　苛立った様子で、髪をかきあげている泉。

「マスコミの量もえぐかったっすね……」

　月下は眉間にしわを寄せながら、険しい表情を浮かべている。

　他の面々も、いつもより重たい空気をまとわせていた。

「マスコミに関しては、どうあがいても校内には立ち入れないから、問題ない」

　ただ……うちの生徒が余計なインタビューに答えたせいで、長王院とのデマがマスコミに回ってしまった。

　僕は知っているからな……！　ふたりが本当は付き合っていないこと……！

　あのインタビューに答えた生徒は謹慎にし、他の生徒にもマスコミには一切の情報を流さないように今朝一斉連絡を入れた。

　これ以上、学内から情報が漏れることはないだろう。

「確認だが、ここにいる全員はもう知っているということだな？」

　榊が、そう言って全員の顔を見渡した。

　……花恋の正体について、知っているかの確認だろう。

「LOSTは全員前の席で見てた。あれはカレンだった」

「僕も……武蔵くんと見てたから」

　泉に続いて、絹世もそう発言した。

「……今カレンはどこにいるんだ？　今朝から、連絡が取れない」

　榊の言葉に、正直肩を落とした。

　僕がわざわざ絹世の呼び出しに応じたのも……誰かカレンの情報がつかめていないかと期待したから。

「僕もわからない」

　今朝、長王院とのデタラメの記事を見て、心配で何度も電話をかけたけど……一度も繋がらなかった。

　こいつらがわざわざ生徒会に来たのも、藁にもすがる思いでカレンの情報を聞きにきたんだろう。

　残念だが、連絡が取れないのは同じなようだ。

「長王院も、カレンの居場所は知らないのか？」

「天聖とも連絡が取れないんだ」

　僕の質問に、椿がため息をついた。

　なら……長王院といる可能性はまだ残ってるということか……。

　ちっ……それは一番気に入らない。

「皆さんは、いつから知っていたんですか？」

　ずっと黙っていた伊波が、口を開いた。

　いつもより低い声に、違和感を覚える。

　やっぱり……昨日から様子がおかしいな。

「誰が知っていたんですか、花恋さんのこと」

　誰も答えずにいると、さっき以上に低い声でそう聞いた

伊波。

　それを聞いて、どうするんだこいつは。

「そんなこと、今関係な……」

「──答えてください」

　伊波が、僕の言葉を遮った。

　そんなこと、今まで一度だってなかったのに。

　こいつ……怒っているのか……？

　伊波が怒る理由が、わからない。

「俺と蛍と長王院さんや」

　困惑していると、月下がそう答えた。

　やはり……この１年ふたりは知っていたのか……。

　まあ、やけにカレンへ執着しているように見えたからな。

「俺も最近知った」

　椿も……？

「……正道様も、ですか？」

　確認するように、僕を見ている伊波。

「ああ」

　もう隠すことでもないと思い、正直に答えた。

　カレンのファンであることも隠していたし、こいつらにバレるかもしれないが、もうそれはどうでもいい。

　全校生徒にファンだってバレたって構わない。そんなことを気にするのももうやめた。

「いつ、知ったんですか？」

　伊波は、やけにカレンのことを知りたがるな……。

　まあ、こいつはカレンが生徒会に入ってすぐの頃……一

番仲が良かっただろうから、気になるのかもしれない。

「俺が……生徒会に復帰してすぐだ」

「え……そうだったの？」

　なぜか僕の言葉に、椿が驚いていた。

「でも最近俺が花恋に、正体を知ってるやつはって聞いた時……久世城の名前は上がらなかったのに」

　それは……。

「僕がカレンのファンであることを隠してたから、言わないでくれたんだろう」

　カレンは……そういう人間だ。秘密や約束は、必ず守ってくれる。

　そんな正直なカレンだから、好きになった。

　……どこまで優しいんだと思う。別に僕にバレたことくらい、言ってもいいのに。

「そうだったのですね……」

　伊波は、腑に落ちたようにふぅ……と息を吐いた。

　その瞳は虚ろで、何を考えているかわからない。とにかく、いつもの伊波ではないということだけはわかった。

「ねえ、肝心の主犯の生徒たちはどうしたの？」

　椿が言っているのは、石田たちのことだろう。

「一旦謹慎処分にしている」

「謹慎……？　そんな軽いもんですませんの？」

　僕の返事に、顔から笑みを消した椿。こいつの目が、完全にキレているのがわかった。

　……こいつもこんな顔ができたのか。純粋に驚いた。

236

　いつも何を考えているのかわからないくらい、にこにこしているやつだから。

　それにしても……謹慎で済ませるだと？

「そんなわけがないだろう」

　僕がそんな、優しい人間に見えるのか？

　カレンにあんなことをしたんだ。

　……地獄を見せてやる。

「そいつの家族ごと、まともな人生を送れなくしてやるつもりだ」

　そういえば、椿は満足げに笑った。

「何かあれば言ってよ。俺も協力するから」

　……こいつ、腹の中に悪魔でも飼っていそうだな……。

　正直、その笑顔にゾッとした。敵に回したくないやっかいなタイプだ。

「すみません……俺のせいです」

　ずっと俯いている陸が、ぼそっとつぶやく。

「まあ、石田は陸にご執心やったからなぁ」

　そうだったのか……？

　石田は前期から役員だが、ほとんど話したこともないから知らなかった。

　というか、基本的に役員にも興味がないからどうでもよかった。

「陸が好きな花恋への逆恨みってことか？」

「FS剥奪とか、いろいろ鬱憤が溜まってたんだろうな。それで……シンデレラ役が花恋になったことで、爆発したん

だろ」

　そう言って、ため息をついた宇堂。

「俺が、花恋を推薦なんてしたから……」

　とにかく、石田のことはわかった。

　陸が悔やむのも仕方がない。ただ……。

「過去を悔やんでいてもどうにもならない。これからどうするかだ」

　僕はもう十分、それを学んだからな。

　後悔しても何も始まらない。

「このままじゃ……花恋は高校に通えなくなるよね……」

　絹世が、俯いたまま下唇を噛み締めている。

「あいつのことだから、他の生徒のことを考えて退学するだろうな」

「……大河の言う通りだと思うよ」

「どうにかできへんっすか……！」

「それを考えるんだろ」

　LOSTの連中が、ああだこうだと話している。

　何も情報がない以上、今はここで話していても無意味だろう。

「とにかく、今はカレンが安全かどうかを知りたい。俺は自分で探す」

　僕はそう言って背を向けた。

「わたしも行きます」

「僕も連れて行って……！」

　伊波と絹世が、僕の後ろをついてくる。

「何かわかり次第、連絡してね。俺たちもするから……今だけは協定を結ぼう」

椿の言葉に、返事はしない。

ただ……まあ、カレンのためなら仕方ないな。

きっと今頃、カレンは不安でいっぱいだろう。

そんな状況で手段は選んでいられない。

大丈夫だよ、カレン。

──君には僕が、ついてるから。

泣いてもいい日

　高御堂と仮の事務所に到着し、その日はここで過ごすことにした。

　仮事務所はアパートメントホテルで、その1室を貸してもらった。

　文化祭の後から、ずっと天聖さんが一緒にいてくれたから、初めてひとりになった。

　これからのこと……考えなきゃ。

　ひとりきりの室内で、私はどこか他人事のように、自分の今後について考えた。

　まずは、ここまで騒動が大きくなったから……会見を開かないといけない。

　私の口から、天聖さんとの関係について説明しなきゃ。

　早くしないと、天聖さんの実家にまでマスコミが押し寄せてくるかもしれない。

「長王院グループの御曹司」という話題性まで合わさってしまった以上、自然に騒動が収まるのを待つのは不可能だ。

　ちゃんと、無関係だって説明するしかない……。

　天聖さんだけじゃなく、星ノ望学園にも迷惑をかけないようにしなきゃ。

　みんなに迷惑をかけないため、私ができるのは……。

　学校を、やめることくらいなのかな……。

　そうすれば、学校に押し寄せているマスコミも収まるはず。

　みんなの日常も戻るはずだ。

　私がやめて収まるのなら……喜んで退学する。

　きっともう……退学以外の選択肢は、残ってないよね……。

　ふぅ……と、息をついた。

　目をつむって、今までの学園生活を振り返る。

　最初は……辛いことのほうが、多かった。

　編入早々嫌われてしまって、生徒会でも辛いことばかりで……編入しなきゃよかったって思ったこともあった。

　でも、天聖さんが友達になってくれて……響くんや蛍くんも守ってくれて……LOSTのみんなに出会って……生徒会も、少しずつ楽しくなって……。

　今では、毎日学校に行くのが楽しみになったし、クラスでも生徒会でも、お昼休みの時間も、学校にいるときはずっと幸せだった。

　天聖さんが命令制度で守ってくれたからこそ、天聖さんのおかげで……かけがえのない学園生活を送れたんだ。

　学校以外でも、放課後遊びに行ったこと、みんなが歓迎会をしてくれたこと、勉強会をしたこと、休日に遊びに行ったこと……全部が忘れられない思い出になった。

　あまりに幸せな思い出だから……思い出すだけで、涙が溢れる。

　もっと……みんなと過ごしたかったな……。

　いろんな思い出を、もっともっと作りたかった。

　天聖さんに……。

　──好きって、言いたかったっ……。

　その日は、子供のように泣きじゃくった。

　こんなに泣いたのは、生まれて初めてだった。

　次の日の午後、社長が私が匿(かくま)ってもらっている１室に来てくれた。

「花恋……！　昨日は来れなくてごめんなさい……！」

　勢いよくドアを開けて入ってきた社長の目の下には、隈(くま)ができていた。

　きっと……私の件でマスコミの対応に追われてるんだ……。

　高御堂も一緒に入ってきてくれて、ふたり私の前の椅子に座った。

「ここは目をつけられていないから、安全よ」

　社長の優しい声と眼差しに、申し訳ない気持ちでいっぱいになる。

　高校に行きたいって言った私に、環境を用意してくれた社長。

　わがままで自分勝手な私の意思を尊重して、いつだって全力でサポートしてくれた。

　私はそんな社長の期待を……裏切ったんだ……。

「どうしてこんなことになったの……？」

「私の不注意で……」

　そう答えると、何か言いたげな表情を見せながらも、「そう……」と呟いた社長。
「社長も、高御堂も……たくさん迷惑をかけて、本当にごめんなさい……私、せっかくみんなに協力してもらったのに……こんな結果になってしまって、すみません……」
　下げた私の頭を、社長がそっと撫でた。
「花恋に謝られると、辛いわ」
　悲しげな声に顔を上げると、困ったように微笑む社長と視線がぶつかる。
「自分のことを責めるのはやめなさい。あなたは悪くないんだから」
　……私が悪くないなんてことは、絶対にないのに……。
　社長も、私を責めてくれない……っ。
「花恋が今まで、自分を犠牲にして頑張ってきたのは誰よりもわかってるわ。だから……わたしは花恋に普通の生活を送らせてあげられないことが、すごく悔しい」
「……」
「あなたは……世間に愛されすぎたのよ。うまく匿ってあげられなくて……ごめんなさい」
　もう、嫌だ……謝罪を聞くのは。
　どうして、私じゃなくてみんなが謝るんだろう。
　みんなが優しすぎて、苦しい。
「この騒動も……多分、当分は収まらないでしょうね……」
　社長がそう言うってことは……やっぱり、大騒動になっているんだ……。

　正直、自分のことでそこまで大事になるなんて、思っていなかった。

「あの記事は本当なの？　長王院グループの御曹司と……」

　社長の言葉に、ごくりと息を飲む。

「違います……！　恋人っていうのは嘘で……ただ、少し話すと長くなるんですけど……」

　これには、いろいろと事情があるだけで、本当の恋人じゃない。

「それじゃあ、完全に友達ってこと？」

「えっ……」

　あからさまに反応してしまって、後悔する。

　今の反応……違うって言ってるようなものだ。

「あら、やっぱり当たってるの？」

「ち、違うんです……！　付き合ってるとかじゃなくて……」

　本当に、違って……。

「でも、好きなの？」

　どきりと、胸が高鳴った。

　社長には、きっと嘘は通用しない。

「はい……」

「ふふっ、いいじゃない。もう花恋はアイドルじゃないのよ」

　アイドル時代、社長は熱愛禁止！と声を大にして言っていたから、もっと何か言われると思ったのに、返ってきたのは意外な反応だった。

　微笑ましそうに私を見る社長の視線がくすぐったくて、目を逸らす。

「恋路の邪魔なんて……していい権利は誰にもないのにね」

　え……？

　社長は悲しげに、窓の外を見ていた。

「彼に会いたいかもしれないけど、学園にもマスコミが押し寄せているみたいだから……休学したほうがいいかもしれないわ」

　休学……。

「……もう、その人には会わないでおこうと思ってます」

「え？」

「私……学校をやめます」

　昨日と今日、私なりにたくさん考えた。

　高御堂は見ないほうがいいと止めてくれたけど、ニュースもちゃんと見た。

　学校にマスコミが集まっていることも、長王院グループの本社にまでマスコミが押し寄せていることも知ってしまった。

　もう……これ以上、みんなに被害が広がるのは嫌だ。

「……他の策を考えよう」

　ずっと黙っていた高御堂が、神妙な面持ちでそう言った。

　私は静かに、首を横に振る。

「これ以上……友達に、迷惑をかけたくないです……」

　それに……。

「このままの状況で通うのは、無理があると思いました」

　きっと、まともに学園生活なんて送れないし、他の生徒を危険に晒しながら、自分のわがままで通い続けるなんて

できない。

「……もう少し、ゆっくり考えてみなさい」

　社長は少しの間黙り込んだあと、困ったように笑った。

「退学なんて、そんな簡単に決めていいことじゃないわ」

「……もう決めました」

　簡単に、決めたわけじゃないんだ。

　できることなら……やめたくなんてない。

　これからもみんなと、高校生活を送りたい。

　でも、みんなに迷惑をかけるくらいなら、退学するほう

が何倍もましだった。

　その決意は、変わらない。

「……変なところで強情なんだから……まったく……」

　社長は私の理解者だ。きっと……私がもう決意を固めた

こと、わかってくれたはず。

　そっと、私の手をとった社長。

「退学じゃなくても、また他の高校に編入とか、いろんな

道はあるわ。……一緒に、これからについて考えましょう」

　その手の温もりに、いろんな感情がぐちゃぐちゃになっ

て涙が滲みそうになったけれど、ぐっとこらえて笑顔を返

した。

「ありがとうございます、社長……」

25th STAR
守りたい人

いたずらな運命

【side 社長】

「なによ、これ……」

　朝一番に見た、週刊誌のネット記事の見出し。

【ついにカレンの新情報が!?】

【現在は星ノ望学園に在籍？　引退理由は恋人の存在!?　相手はあの長王院グループの御曹司!?】

　一体なんなの、この記事は……！

　事前に情報が来ていたら止められた可能性もあるのに、今は事務所所属ではないから、掲載前に情報が回ってきていなかった。

　とんでもないことになったわ……。

　急いでテレビをつける。ニュースは、花恋の話題で溢れかえっていた。

　どのチャンネルに変えても、アイドルカレンの話しかしてないわ……。

　花恋は知ってるのかしら……。

　すぐに電話をしたけれど、繋がらない。

　とりあえず、花恋が事情を知らず外に出るようなことがないよう、記事のURLを送っておいた。

　事務所に向かうと、マスコミで溢れかえっていた。

　情報は回さなかったくせに、聞き込みにはくるのね……。

　これじゃあ、中に入れそうにないわ……。

　裏口から入ろうとしたけれど、案の定マスコミに捕まってしまった。

「カレンの目撃情報が出ましたが、事務所はカレンの現状を把握していますか!?」

「海外に行ったというのは嘘でしょうか!?」

「カレンは今どこにいるんですか!?」

　どの質問にも答えず、マスコミをかき分けてなんとか事務所に入る。

「社長……！」

　高御堂や他のスタッフが、わたしに助けを求めるように一斉に駆け寄ってきた。

　電話が鳴り止まない慌ただしい室内を見て、舌を鳴らす。

　花恋はもう、一般人なのよ……いつまでも嗅ぎ回って、姿を見せただけで騒ぎ立てて……異常だわ。

　……それだけ、まだ世間がカレンを求めているってことでしょうけど。

「悪いけど、当分はマスコミの対応に追われると思うわ。みんな、我慢してちょうだい。わたしもなんとかこの騒動を抑えられるように頑張るから」

「「はい……！」」

　幸いなことに、事務所のスタッフに文句を言う人間はいなかった。

　みんな、カレンのことが大好きだったから。

　……カレンは、本当に誰からも愛されていた。

　事務所だけでなく、カレンはいつだって、どの現場でも評判は最高だった。一度カレンと仕事をした相手は必ず、もう一度カレンを起用したがる。

　そのくらい、周りへの対応も完璧な子だったから。

　今まで何百人というタレントを受け持ったけれど、カレンほどプロ意識の高い子はいなかった。

　わたしだってできるなら……カレンにはずっと芸能界にいてほしかった。

　でも、あの子は本当は、静かに生きていたい子だったから……今までたくさん頑張った分、これからは花恋の生きたいように、生きさせてあげたかったのに。

　──プルルルル。

　電話……っ、花恋からだわ……！

「花恋……!?　今どこにいるの!?」

『社長……ごめん、なさい……』

　急いで電話に出ると、今にも泣きそうな声が返ってきた。

　違うのよ……怒ってなんてないわ。

　あなたが、心配なのよ。

「謝らなくていいわ……！　とにかく、場所だけ教えてくれる？　今すぐ高御堂に迎えに行かせるから……！　どこかにいるより、事務所にいるほうが安全よ……！　今マスコミがこぞってカレンを探してるから……」

『マンションに、います……』

「わかったわ！　すぐに向かうから、変装して出てきなさい！　マンションはまだ知られてないでしょうけど……念

の為周りには注意してね」

　あのマンションは安全でしょうけど……万が一見つかった時に、逃げ場がなくなってしまう。

　だったら、仮事務所のほうが安全。

　仮といっても、隠れ家のような場所。週刊誌に撮られたタレントや、休暇をとるために用意しているアパートメントホテル。

　警備員も在住しているし、騒動が落ち着くまではそこに花恋を匿ったほうがよさそうね。

　私はすぐに高御堂に伝えて、花恋を迎えに行かせた。

　その日は一日中マスコミの対応に追われていて、花恋に会いに行けなかった。

　わたしもマークされているから、下手に動けなかった。

　次の日、なんとかマスコミの目をかいくぐって、花恋のいるホテルへ向かった。

「どうしてこんなことになったの……？」

「私の不注意で……」

　私の質問に、そう答えた花恋。

　……嘘ね。大方、誰かに仕組まれたんでしょう。

　花恋をずっと見てきたからわかる。

　花恋は他人に何かされた時、いつだってこう言う子だった。

　花恋の人気に嫉妬した他のアイドルから嫌がらせをされて、閉じ込められた時も……頑なに自分のせいだと言い

張って、相手の名前を言わなかった。

　結局、花恋を閉じ込めたのが他の子の仕業だとわかったのは、それをした3人のうちのひとりが、仲間割れをしたのかわたしに告発してきたから。

　いつだってそうだった。

　人気すぎる故に、花恋は嫉妬されることも嫌がらせをされることも多かったのに……一度だって自分からわたしに言わなかった。

　こんなに優しい子だからこそ……花恋を陥れた相手が許せない。

「社長も、高御堂も……たくさん迷惑をかけて、本当にごめんなさい……私、せっかくみんなに協力してもらったのに……こんな結果になってしまって、すみません……」

　涙を浮かべながら謝ってくる花恋は、罪悪感でいっぱいいっぱいになっているように見えた。

　その表情に、胸が痛む。

　そんな顔しないでいいのよ……。

　何よりも、今はあなた自身が一番辛いでしょう。

　家族のために、必死に頑張ってきた花恋。

　辛いことしかなかったはずなのに、一度も弱音を吐かなかった。

　どれだけ厳しいスケジュールの中でも笑顔を絶やさず、ひたむきに頑張ってきた。

　自分を犠牲にしすぎる子だからこそ……幸せになってほしかったのに……。

　悔しくてたまらなくて、歯をくいしばった。

　どうして……この子がこんな目に遭わなきゃいけない
のよ。

　誰よりも……頑張ってきたじゃない……。

「私……学校をやめます」

　花恋の発言に、そこまで驚きはなかった。

　きっとこの子なら、その道を選択するだろうと思ってい
たから。

　でも……そんなの、あんまりだわ。

　花恋を芸能界に引き入れたのはわたしだからこそ……責
任を感じた。

「これ以上……友達に、迷惑をかけたくないです……」

　こんな時なのに、他人のことばっかり心配して……。

　きっと誰も、迷惑なんて思ってないわよ。花恋が同じ学
校にいるなんて、幸運以外の何ものでもないじゃない。

　冗談抜きにそう思うけれど、こんなこと言っても花恋に
は伝わらない。

「このままの状況で通うのは、無理があると思いました」

「……もう少し、ゆっくり考えてみなさい。退学なんて、
そんな簡単に決めていいことじゃないわ」

　そんな、当たり前のことしか言えない自分が情けない。

「……もう決めました」

　花恋の表情から、覚悟がうかがえる。

　もう……きっと何を言っても、意思を変える気はないの
ね。

「……変なところで強情なんだから……全く……」

　わたしは……この子に、何をしてあげられるのかしら。

　どうすれば……自分を犠牲にせずに、生きてくれるのか
しら。

「退学じゃなくても、また他の高校に編入とか、いろんな
道はあるわ。……一緒に、これからについて考えましょう」

　わたしの言葉に、花恋は笑顔を浮かべた。

「ありがとうございます、社長……」

　女のわたしでも、めまいがしそうなほど綺麗な笑顔。

　誰もが花恋の美貌に憧れ、羨むけど……それが花恋を生
きづらくさせてしまったのかもしれない。

　美しすぎる故に、自由に生きられないなんて……。

　わたしはそれ以上、何も言ってあげられなかった。

覚悟

　社長と高御堂と話していた時、扉をノックする音が聞こえた。

「……社長、カレンの友人を名乗る人物が来ています。3人」

　私の友人？　それに……3人？

　社長が、顔をこわばらせた。

「どうやってここを知ったの？」

　確かに……私は誰とも連絡をとっていないし、この場所を教えていない。

　社長もここは誰にも知られていないって言っていたから、この場所に辿りつくのは不可能なはずなのに。

「それが……久世城グループと羽白グループのご子息らしく……」

「あっ……」

　正道くんと、絹世くん……!?　あとひとりはわからないけど、ふたりが来てくれたんだ……。

「……なるほどね。久世城社長の息子なら納得よ」

　え？　正道くんのお父さんと社長って、知り合いなのかな……？

「でも、本当に友人？」

「はい……！」

「会わせてほしいと言っていますが、どうしますか？」

　社員さんの言葉に、「はい」と返事をした。

「私も、会いたいです」

「わかりました、通します」

「高御堂、わたしたちは席を外しましょうか」

　気を使って、社長と高御堂が出て行ってくれる。

「カレン……!?」

　正道くんが、勢いよく入ってきた。

　後ろから、絹世くんと……伊波さんの姿も。

　あ……もうひとりは伊波さんだったんだ……。

「無事で……よかったっ……」

　私を見て、心底安心した様子の正道くん。

「心配かけてごめんなさい……」

「カ、カカカ、カレンだっ……」

　絹世くんは、大きな目をさらに見開いて、顔を赤くして
いた。

　そういえば、今は変装はしていないから……この姿で絹
世くんに会うのは初めてだ。

「って、こんな時にごめんね……!　あの、あの……まだ
信じられなくて……」

「絹世くん、今まで隠していてごめんね……」

　まずはそのことを謝らなきゃと思っていたから、私は頭
下げた。

「あ、謝らないで……!　ぼ、僕、嬉しかったんだ……カ
レンと花恋、どっちも好きになっちゃったから、ふたりが
同一人物だって知って……!」

　絹世くんの瞳はきらきらと輝いていて、本当に喜んでい

るのが伝わってきた。

　なんだか予想外の反応だけど……嫌われていないみたい
で、ほっとしてしまう。

「で、でも、僕花恋の前で、カレンがいかに可愛いかってずっ
と語ってたから……もしかすると、引かれてたかもしれな
い……どどどどどうしよう……!!」

「うるさいぞ絹世!!」

　興奮気味の絹世くんの頭を正道くんが叩いた。

　痛そうに頭を押さえながら、おとなしくなった絹世くん。

「それにしても、どうしてここに入れたの?」

「タカプロの会長とうちの父が知り合いなんだ……融通を
利かせてもらった」

　気になっていたことを聞くと、正道くんがさらっと答え
た。

　そ、そうだったんだっ……。

　会長さんと知り合いなんて……すごいな、あはは……。

「やっぱり……あなたは、アイドルのカレンさんだったん
ですね……」

　伊波さん……。

　私を見て、苦しそうに顔を歪めている伊波さん。

「……黙っていてごめんなさい……」

「いえ……わたしのほうこそ……」

　伊波さんは、何か言いたそうに口を開いたけど、またす
ぐに閉ざしてしまった。

「……花恋さんが無事で、安心しました……」

　ふわりと、いつもの笑顔を浮かべてくれた伊波さんに、罪悪感が溢れだす。

「世間が騒々しくなっているみたいだが……すぐに落ち着くよ！　僕たちがどうにかしてみせる……！」

　笑顔でそう言ってくれる正道くんはとても頼もしいけど、私は首を横に振った。

「ありがとう。気持ちだけで十分だよ」

　みんなはもう……何もしなくて平気だからね。

「私……学校をやめることにしたの」

　隠そうかどうか迷ったけれど、みんなには言っておかなきゃいけないと思った。

　文化祭の時も、走り回ってくれただろうし……。

　急に私がいなくなったらびっくりするだろうから、正直に伝えた。

「……え？」

　みんなが、私を見つめたまま目を見開いて息を飲んだ。

「みんなにも、伝えておいてくれないかな？　連絡も取れなくなると思う……ごめんね」

「ま、待ってよ花恋……!!　大丈夫だよ!!　僕たちが、全権力を使ってマスコミを黙らせてみせる……!!!」

「そうだよ……！　やめるなんて……言わないで」

「ええ、まだ解決策はあるはずです」

　こんなふうに引き止めてくれる友達がいるだけで……幸せだ。

「本当に、気持ちだけで十分だよ。みんな、ありがとう」

　心配をかけないように、笑顔を返した。

「みんなは何もしなくて大丈夫だからね」

　これは、私ひとりの問題だから。

「もう学校では会えなくなるけど……これからも、友達で
いてくれると嬉しい」

「待って、そんな……」

「すみません、そろそろいいでしょうか？」

　正道くんが何か言おうとした時、扉が開いて高御堂が
入ってきた。

「会いにきてくれてありがとう……！」

　笑顔で手を振った私を、何か言いたげな目で見つめてく
る3人。

「待って花恋……！」

「ごめんね、あんまり話している時間がないの」

　私、最低だ。

　こんな突き放すような言い方しかできないなんて。

　でも……そうでもしないと、みんながもっと傷つくこと
になりそうで怖かった。

　みんなに大変な思いをさせるくらいなら、嫌われたほう
がいい。

　ショックを受けたように、顔を歪めた3人は、ゆっくり
と部屋を出て行った。

　入れ違いで入ってきた社長と高御堂が、心配そうに私を
見つめてくる。

「本当にいいの？」

260

「はい。もう……決めました」

　これでいい。

　ここからは……私ひとりで戦うんだ。

　これだけ迷惑をかけておいて、こんなことを言える立場
ではないけど……。

　私に、みんなをちゃんと守らせて……。

一時休戦

【side 響】

「……ダメだ。やはり出ない」

大河さんの言葉に、集まっとったLOSTの幹部全員、ため息をついた。

全員と言っても、長王院さんはおらんから、今は俺、蛍、仁さん、大河さん、充希さんの5人でLOSTの溜まり場におった。

花恋と……連絡が取れんくなったからや。

さっきも、大河さんが電話したけど出んかった。

俺も何回もメッセージを飛ばしてるけど、既読もつかへん。

花恋はマメやから、いつもはすぐに連絡を返してくれるのに……。

なんかあったことは、明白やった。

多分、いや絶対、あの記事のせいや……。

文化祭で、花恋の……素顔が晒された翌日、記事が出た。

ずっと雲隠れしていたカレンが現れたとあって、今はどこもカレンの話題で持ちきりや。

この学園も例外ではなく、あの一ノ瀬花恋がカレンやったと大騒ぎになってる。

誰も、あのカレンが同じ学園にいるなんて思ってもおらんかったやろうから。俺も、そうやったし……。

　学園の生徒はみんな興奮状態で、どこに行ってもカレンの話しかしてない。

　しかもやっかいやったのは、そのうちの何人かがマスコミにインタビューされて、余計なことを話したことや。

　長王院さんとの関係が記事に載って、今は炎上状態みたいになってる。

　アイドルの現役の間から、恋愛してたんちゃうかって憶測も上がって、もう収拾がつかへんくらいごたついてる。

　そんなんあるわけないのに、マジでインタビューに答えたやつもマスコミも余計なことしやがって……。

　花恋が学校に来てへんのも、消息を絶ったのも……絶対にあの記事が原因や。

　何もしてあげられへん自分が情けなさすぎて、下唇を噛み締めた。

　なんで俺は……石田たちを見張っとかへんかったんや……。

　あいつらが花恋に悪意を持ってることはわかっとったのに……。

　何が花恋は俺が守るやねん。全然守れてへんやろ……。

　どうにかできたはずやのに、助けられへんかったことをあの日からずっと悔やんでる。

　多分、蛍も、俺と同じ気持ちでおった。

　あの後、なんとか騒動は落ち着いて文化祭は継続できたけど……大河さんや充希さんは取り乱しとった。

　まあ今まで接してた相手が、あの超人気アイドルやって

わかったら、驚くのもしゃーないやろうけど……。

　というか、俺としては仁さんが知っとったことが衝撃やった。

　会長も知っとったみたいやし……あんないじめとったのに、カレンってわかった瞬間手のひら返したかと思うと、ますます気にいらんかった。

　カレンやって知ってんのは数人だけやったのに、もう完全に広まってもうたし……。

「……あ」

　突然、声を上げた仁さん。

「どうした、仁」

「生徒会室に向かおう」

　大河さんの声に、そう返事をした仁さんは、急に立ち上がった。

　生徒会室に……？

「急にどうした」

「絹世たちが……花恋に会えたらしい」

　は……？

　なんで……生徒会のやつらが……。

「あ？　どういうことだよ！」

　苛立っているのか、充希さんが大きな声を上げた。

「詳しいことは俺もわからない。とにかく、生徒会室に行こう。絹世たちも戻ってくるらしいから」

　仁さん……？

　珍しく、仁さんの口調もきついことに気づいた。

　仁さんも苛立ってる……？

　充希さんも、仁さんの様子がおかしいことに気づいたんか、不満そうにしながらもそれ以上は何も聞かへんかった。

　仁さんだけじゃない、立ち上がった大河さんも、顔をしかめてる。

　まあ……生徒会に先越されたのは、腹立つわな……。

　俺も、なんであいつらが花恋と会えてんねんって……普通に気分よくないし。

　花恋は……俺らとのほうが仲いいのに。

　って、そんなこと今は考えてる場合ちゃうか……。

　こんなことで競ってる場合でもないし、今は花恋がどんな状況におるんかを知りたい。

　生徒会のやつらから聞くのは気に入らんけど……文句も言ってられへんか。

「ちっ……あんな忌々しい場所、なんで何回も行かねぇといけねーんだよ……」

　充希さんは舌打ちしながらも、立ち上がって仁さんについて行った。

　俺たちが生徒会にわざわざ出向くとか、普通やったら考えられへんことや。俺らをここまでさせる……花恋はすごい女やなと思う。

　生徒会室に入ったら、陸と……確か武蔵とか呼ばれてるやつがおった。

　こいつも花恋と仲がいいらしい。LOSTを見下してそう

なやつやから、俺は普通に嫌いや。

「何をしにきた」

「絹世に呼ばれた」

　俺たちを睨みつけている武蔵に、仁さんが返事をした。

「ちっ……あいつはまた余計なことを……」

「ちょっとお邪魔するね」

　そう言って仁さんが近くの椅子に座った時、生徒会室の扉が開いて３人が入ってきた。

「仁くん……！」

　絹世って呼ばれてるちっさい先輩と、会長とその側近。

「お前たち、また勝手に……」

　会長は文句がありそうな顔をしてるけど、無視して話してるちっさい先輩と仁さん。

「花恋と会えたって、本当？」

「うん、正道くんのパパが事務所に頼んでくれて……」

　なるほどな……権力使って会ったんか。

　そのことに、ちょっとだけほっとしている自分がおった。

　もし花恋が、こいつらにだけは連絡してたとしたら、立ち直られへんくらい凹んだと思うから。情けないけど。

「で、花恋はどういう状態だった？　安全な場所にいる？」

　俺も、とにかくそれが知りたい。

「うん……事務所に匿ってもらってるから、安全は保障されてるだろうけど……」

　そう言って、視線を下げたちっさい先輩。

　その表情がみるみる暗くなっていくのがわかって、嫌な

予感がした。

「花恋……学校をやめるって……」

　……は？

　学校、やめる……？

「なんやねんそれ……」

　ちょっと待て、早まりすぎやろ。

　確かに、今は国内中カレンの話で持ちきりやし、これが収まるには時間がかかると思う。

　でも……退学とか、おかしいやろ……。

　あいつ……誰よりも、学校生活楽しんでんで……？

　放課後遊びに行くってだけで……大喜びするやつが……どんな気持ちで退学するとか言うてんねん。

　花恋の気持ちを想像するだけで、怒りがこみ上げた。

　花恋をこんな目に遭わしたやつ全員に。それと……何もできひんかった自分に。

「……花恋はその選択をするんじゃないかって、思ってた」

　憤（いきどお）りを隠せていない、仁さん。

　花恋は……優しいやつや。

　やからこそ……多分俺らに迷惑がかかるとか、余計なことを考えたんやろう。

「僕、嫌だよ……花恋に会えなくなるなんて……」

　ちっさい先輩が、俯いたままぼそぼそ喋ってる。

「それは、みんな同じ気持ちだ」

　……当たり前や。

　花恋がおらん学園生活なんか、考えられへん。

　多分ここにおる全員、花恋に救われたやつらなんちゃうかな。

　少なくとも俺は、花恋が来てから学校が面白くなったし、授業にも毎日出るようになった。

　先輩たちとも話せるようになったし、いつも一生懸命な花恋を見てたら俺も頑張らなって思うようになれた。

　勉強会もしてもらって……自分が頑張ればそこそこできるやつやって思えるようにもなった。

　花恋が……俺の世界を変えたんや。

　今さら勝手にいなくなるとか……そんなこと絶対させへんからな。

「俺たちは……俺たちのできることをしましょう」

　仁さんの言葉に、ごくりと息を飲む。

　俺のできること……。

「……はぁ、ついにこの時がきたか……」

　……なんや？

　ちっさい先輩が、またぼそっと呟いて顔を上げた。

　その顔はいつもの自信のない表情とは違う、覚悟を決めたような顔。

　スマホを取り出したちっさい先輩は……どっかに電話をかけ出した。

「……も、もしもし、父さん？　絹世です。今日……時間を作ってもらえませんか？　話があって……」

　……親？

　ああ……そういうことか。

「は、はい。ありがとうございます」

　話が終わったんか、電話を切って大げさなくらいのため息をついたちっさい先輩。

　この人のことは何も知らんけど、親に対して相当ビビってることがわかった。

「父さんと会うと思うだけで怖くて卒倒しちゃいそうだけど……か、花恋のためなら朝飯前だね」

　顔色は真っ青やのに、やけに生き生きしてるちっさい先輩。

　根性なしのチビやって思っとったけど……やるときはやる男なんかもしれへん。

　やからって、花恋のこと監禁しようとしたのは許さへんけどな。

「俺も行ってきます。うちは出版社にもツテがあるので、マスコミ関連に警告するように頼みます」

　陸が、そう言って立ち上がった。

　武蔵とかいうやつも後に続いて、生徒会室を飛び出していく。

「俺、親父嫌いなのに……」

　蛍がため息をついてから、スマホを取り出す。

　こいつの父親嫌いはよく知ってるから、その行動に驚いた。

　そうやんな……もう、手段なんか選んでられへんわ。

　この学園におるやつは、結構複雑な家庭環境のやつが多いと思う。

　名家の生まれともなると、ややこしいことも多いし、親
と滅多に会わへんってやつもざらにおる。

　俺もそうやったし、親に直接頼み事すんのとか、ほんま
嫌やけど……花恋のためならそんなプライドも捨てるわ。

　花恋、お前はひとりちゃうんやで。

　ここにいる俺たち全員がついてるんや。……こんな心強
いことないやろ。

　お前のことは──絶対に俺らが守るからな。

さよなら

「社長、会見を開かせてください」

　私の言葉に、社長は首を横に振った。

「そんなことする必要ないわ。もうあなたは一般人なのよ」

「いえ……学校や、天聖さん……長王院さんのこと、ちゃんと説明したいんです。もうみんなに迷惑をかけないように、無関係だって」

　一般人だとしても……騒動の元凶は私なんだから。

「それに……どのみち発言しないと、この騒動も落ち着きませんよね」

「……。そうね……」

　社長もわかってくれたのか、頭を押さえてため息をついた。

「わかったわ……日程はいつがいい？」

　よかった……。

　今ならまだ収束できるかもしれない。

　天聖さんのことも……早い段階で無関係だと説明すれば、勘違いだと思ってもらえる。

「できるだけ早くお願いしたいです。明日でも……」

「それじゃあ、すぐに会場を押さえて、各所に連絡するわ」

「ありがとうございます、社長」

　何から何まで……社長には頭が上がらない。

　お礼を言った私を見て、社長がふっと笑った。

「わたし、花恋のことは実の娘みたいに思ってるのよ。お礼なんていらないわ」

　社長……。

　私も……社長のこと、もうひとりのお母さんだって思ってます。

「詳細はまた連絡するわね」

「はい……よろしくお願いします」

　社長が部屋を出て行く前、もう一度頭を下げてお礼を言った。

　高御堂も一緒に出て行って、部屋にひとりになる。

　……よし。

　私は、切っていたスマホに電源を入れた。

　わ……思った以上にメッセージや着信がきてる……。

　たくさんの通知が鳴り止まない中、私は天聖さんとのトーク画面を開く。

　天聖さんにも、言っておきたい。

　これが……私の精一杯の誠意。

　通話のボタンに、そっと指で触れる。

　ワンコールもしないうちに繋がった。

『花恋……!?　今どこにいるんだ……?』

　私が話すよりも先に、天聖さんの声が聞こえた。

　ひどく心配している声に、決心が揺るぎそうになる。

　天聖さんからもすごい連絡の数だったから……たくさん心配をかけてしまった。

「天聖さん、お話があるんです」

『話？』

　決意は固まっているはずなのに、息が詰まる。

　私は深呼吸してから、はっきりと告げた。

「私、もう天聖さんとは会いません」

　……言えた。

　頑張って、いつも通りを装ったつもりだけど、うまく喋れてるかわからない。

『……記事のことか？』

　天聖さんは私の考えなんてお見通しみたいにそう言った。

『あんなものどうでもいい。勝手に言わせておけばいい』

「違います。私が自分で決めたんです」

　天聖さん……ほんとにほんとに……ごめん、なさい。

「私……天聖さんのこと、好きになれません」

　また、天聖さんに嘘をついた。

「ああいう記事がでるのも、お互いにとって不利益ですよね」

　私がよくても、天聖さんは絶対によくない。

　天聖さんの両親だって、迷惑がっているに違いない。

「高校も……やめるつもりなので……お互いのためにも、もう、会わないでおきましょう」

『……話って、それか？』

　天聖さんの声から、感情は読めなかった。

　でも、怒っているような口調ではなく、ただ淡々と話しているように聞こえる。

「はい。それじゃあ……今までありがとうございました」

『花恋──』

　私は天聖さんの返事も聞かずに、通話を切った。そのまま再びスマホの電源を落とした。

「……っ」

　ちゃんと言えて、よかった……。

　安心したからか、溢れた涙が頬を濡らす。

　これ以上何か言われたら……私も変なこと、口走ってしまいそうだったから。

　離れたくないって……すがりたくなってしまう。

　だから、これでよかったんだ。

　順位なんてつけたくないけど……星ノ望学園に編入して一番の思い出は、天聖さんと出会えたこと。

　きっとこの先も、会えなくなっても……私は天聖さんのこと、忘れない。

　こんな形でお別れすることになってしまったけど……私の初恋は天聖さんだ。

　私の心に余裕があれば、ちゃんとお礼だって言いたかった。

　今まで、いっぱいいっぱい、助けてくれてありがとう。

　いつだって、守ってくれてありがとう。

　私のこと──見つけてくれて、ありがとうってっ……。

　気づくのがすごく遅れてしまって、結局伝えることもできなかったけど……私は天聖さんのことが……好きです。

　誰よりも……大好きです。

勝てない相手

【side 仁】

　花恋が会見をするという発表をしてから、一層世間はカレンの話題で持ちきりになっていた。

　嫌な空気だ……。

　今、俺たちはカレンの騒動をなんとか抑えようとみんな走り回ってる。

　全員、大手出版社との繋がりもあるだろうし、確か武蔵は国内最大手の広告代理店の御曹司だ。

　椿グループも、子会社の中に出版社はあるし、芸能にも手を出している。

　芸能業界にだって融通が利くだろうし、俺たち全員が動けば……この騒動だって落ち着くはず。

　ただ、カレンの話題がこれ以上大きくなってしまえば、収拾もつけられなくなる。

　いくら権力が集まったとしても、大衆には勝てない。

　世間がカレンに関心を持ちすぎてる……。

　会見なんて開けば、ますますカレンの話題一色になってしまうんじゃないか……。

　そうなったら……花恋は本当に、学校をやめてしまうかもしれない。

　そんなこと……絶対にさせない。

　俺はまだ親父には連絡をしていないけれど、爺様や伯

父、親族には片っ端から交渉している。

　とにかく、カレンの話題をテレビでも放送しないようにしてもらわないと。

　そして、ひとつだけ気がかりなことがあった。

　天聖と……連絡が取れない。

　花恋と連絡が途絶えてからだ。

　あいつは……こんな時に、何をやってるんだろう。

　マスコミの記事に、天聖の名前も上がったから、忙しいのはわかるけど……せめて電話に出てくれ。

　天聖のことも心配だったから、何度も電話をかけていた。

　ダメ元でまたもう一度電話をした時、ぷつっとコール音が止まった。

　え……？

　電話が繋がったことに気づき、慌てて声をかける。

「天聖？　今どこにいるの？　無事？　連絡取れないからみんな心配してるよ」

　俺が一気にまくし立てたからか、天聖が『落ち着け』と言ってきた。

『……俺は何もない。実家に向かってる』

「えっ……」

　実家……？

　ってことは……。

「じゃあ、考えてることは同じだね」

　天聖も、なんとかしようとしてる最中か。

　とりあえず、無事で安心した。

　そして、ずっと話さなければいけないと思っていたことを思い出す。

「ねえ、天聖」

『なんだ？』

「俺……少し前から知ってたんだ、カレンのこと」

　話す機会がなくて、ちゃんと言えていなかった。……いや、勇気がでなかったのかもしれない。

　これを告げれば、天聖と友達でいられなくなるんじゃないかと、思っていたから。

『……そうか』

　とくに驚いている様子もない声が返ってくる。

「俺、アイドルのカレンが好きだった」

『……』

　こんなこと、今話すべきじゃないかもしれない。

　でももう、先延ばしにしたくない。

「花恋が、カレンだってわかった時……嬉しかったんだ」

『……』

「好き、なんだ……ごめん」

　本当に……ごめん。

　天聖、俺は最低な友達だよ。

　お前のこと応援するなんてはやしたてていたくせに、いざ正体を知ったら俺も好きなんて……。

　俺が逆の立場なら、そんなやつだったのかと愛想をつかすと思う。

　もうきっと、関わるのをやめる。

『お前たちは謝ってばっかりだな』

「え？」

『勝手にしろ。俺も勝手にする』

　天聖……。

　電話を切られると思っていたのに、さっきと変わらない声の天聖。

　お前はさ、他人のことに興味ないし、俺たちにもそんな関心は持ってないと思う。

　でも……実は誰よりも優しくて、懐が深い男だよな。

　だからきっと……みんなお前に憧れて、お前について行きたいって思うんだろう。

「俺、天聖のことも大事だよ。……都合のいいこと言ってるってわかってるけど……ずっと友人でいてほしいって思ってる」

　そんな情けないことを言った俺に、「ふっ」と笑った天聖。

『……勝手にしろ』

　バカだな……もっと怒っていいのに。

　……ああ、きっと俺に、勝ち目なんてないんだろうな。

　諦める気はないけど、こんなやつに勝てる気もしないよ。

「お前はかっこいいよ、ほんとに」

『家に着いた、もう切るぞ』

　ブツッと、一方的に切れた通話。

　また勝手に切った……ふふっ、まあいいか。

　天聖に言えていなかったことがずっと気がかりだったから、肩の荷が下りた気分だった。

「……ありがとう、天聖」

　……それじゃあ、俺もそろそろ腹を括ろう。

　スマホの画面をつけたまま、父親の連絡先を探す。

　親父に頭を下げる日が来るなんて思わなかったな……。

　でも……花恋の力になれるなら、椿グループの御曹司って肩書きも悪くない。

　生まれて初めて、そう思えた。

一番星の執着

　翌日。

　社長が会見をする会場を用意してくれて、私も昨日のうちに話す内容をまとめていた。

　控え室からは会場の姿が見えて、カーテンの隙間から覗くと、広い会場がたくさんの記者で溢れかえっていた。

　怖い……。

　カメラの前に出るのが、こんなに怖いと思ったのは初めて……。

　アイドル時代、執拗に追いかけてきていた記者の姿もあって、ますます不安になった。

　何を聞かれるんだろう……。ある程度の質問は覚悟して応答も考えてはきたけど……予想外の質問が飛んできた時、ちゃんと対応できるかな……。

　……って、始まる前から不安になっちゃダメだ……。

　大丈夫、落ち着こう……。

　心を落ち着かせるため、時間になるまで目をつむって精神統一をする。

　──コン、コン。

「花恋」

　あれ……？

　まだ少し時間があるはずなのに、ノックの音と一緒に社長の声が聞こえた。

もう始めるのかな……？

部屋に入ってきた社長は、何やら片手にスマホを持っている。

「電話よ」

「え？」

「出なさい」

そう言って、社長がスマホを手渡してきた。

電話って……私に？　誰から？

社長をじっと見つめたけど、早くと催促されるだけで何も答えてくれなかった。

事務所の人とか、関係者の人かな……？

不思議に思いながらも、「もしもし」と電話に出た。

『俺だ』

「……っ」

たったの三文字なのに、すぐに誰かわかった。

天聖さん……？

どうしてっ……。

さっき心を落ち着かせていたのに、一気にパニック状態になる。

社長の意図もわからないし、どうして天聖さんと電話が繋がっているのかもわからない。

とにかく、早く切ろう……！

天聖さんと話したら……決心が、揺らいでしまいそうになる……っ。

『──待て』

　そう思ったのに、天聖さんの声に電話を切るのをためらってしまった。

『ひとつだけ答えてくれ』

　低い声で、そう言ってきた天聖さん。

「なん、ですか？」

　聞き返した私に届いたのは——。

『花恋、俺のことは好きか？』

　……一番、聞かれたくなかった質問。

「えっ……」

　ごくりと、息を飲む。

『俺を……俺と同じ意味で、好きになったか？』

　どう、して……。

　そんなこと、今聞くの？

　まるで、全部わかっているみたいな言い方。

『それだけ答えろ。答えてくれたら……諦める』

「……」

　別に、答えたら諦めるって言ってくれたんだから、わざわざ本当のことを言わなくてもいいはずだ。

　好きじゃないって、嘘をつけばいいだけ。

　でも、これが最後なのかもしれないと思うと……気持ちが溢れてどうしようもなかった。

　ゆっくりと、口が勝手に動く。

「……好き、です」

　——もう、抗えなかった。

　好きで好きで、本当はずっと一緒にいたい。

　本当は……直接、もっとちゃんと伝えたかった。

　こんなことにならなければ……天聖さんのそばにいられる未来は、あったのかな。

　天聖さんの隣に、ずっといられたのかなっ……。

　自分の人生に後悔なんてないのに、そんなたらればを願ってしまった。

『そうか。……わかった』

　──プツッ。

　音を立てて、あっけなく切れてしまった電話。

　何かを期待していたわけじゃないけど、虚しさだけが残った。

　諦めるって……言ってくれてたもんね……。

　未練がましく、通話の途絶えたスマホを見つめてしまった。

「さっき、会社にかかってきたの」

　社長が、私にそう話してくれる。

　天聖さんが会社に電話を入れたのかな……。

「長王院天聖って、彼でしょう？　花恋から話を聞いていたから繋いだんだけど……余計だったかしら？」

　社長の言葉に、首を横に振る。

「いえ、ありがとうございました」

　最後に気持ちを伝えることができて……よかった。

「そう……。花恋、そろそろ時間だわ」

「はい」

　私は頷いて、社長と一緒に控え室を出た。

　大丈夫、私はうまくやれる。

　天聖さんも……背中を押してくれている気がした。

「ただいまより、一連の報道について元夕カプロ所属、カレンの記者会見を行います」

　進行の声が聞こえて、会場に入った。

　一斉にシャッターを切る音とフラッシュが浴びせられ、眩しくて目を細める。

「うわ……！　本物だ……！」

「おい、本当にカレンがいるぞ……！」

「ようやく公の場に現れたな……！」

　怖くて息苦しさを感じていたけれど、隙は見せないように毅然（きぜん）とした態度で挑む。

「本日はお集まりいただき、ありがとうございます」

　私はすぅっと……息を吸ってから、昨日考えた文言を口にした。

「一連の騒動にありましたが、記事の内容は事実とは異なります」

　アイドル時代、週刊誌に撮られたことはなかったから、こんな会見は経験したことがないし、うまく話せるか不安に思ってたけど……ここに座ると自然と仕事モードに入ることができた。

　堂々と話せていることに安心して、言葉を続ける。

「現在、私は星ノ望学園には通っていません。学園への取材行為などはお控えください。そして……」

　私の発言に、みんなが耳をすませている。

　もう一度、呼吸を整えるためにすうっと息を吸った。

「長王院グループの御曹司と熱愛というのも——」

「花恋」

　——え？

　聞こえた声に、思わず話を止めた。

　今の……天聖さんの、声？

　違う、そんなわけないのに……幻聴が聞こえるなんて……。

「待ってください……！　関係者以外立ち入り禁止です……！」

　係の人の声が聞こえて、視線を向ける。

　その先には——スーツを着た、天聖さんの姿があった。

　ほん、もの……？

　どうして……天聖さんが、ここにっ……！

　天聖さんは止めようとしている係の人を振り払って、私のもとへ歩み寄ってきた。

　その場にいたすべての人の視線が、天聖さんに集まる。

「おい……あれ、長王院グループの御曹司だぞ……！」

「どういうことだ……やっぱり、熱愛は本当なのか……!?」

　驚きのあまり動けなくなった私から、マイクを奪った天聖さん。

「交際の件は事実だ」

　いつもの低い声で、天聖さんははっきりと言い切った。

　待、って……。天聖さん、何を言ってるのっ……!?

　会場が一層ざわつき、たくさんのフラッシュを浴びせられている天聖さん。けれど、少しもひるむことなく、天聖さんは言葉を続けた。
「カレンは長王院グループ御曹司の恋人であり──婚約者だ」

【END】

あとがき

このたびは、数ある書籍の中から『極上男子は、地味子を奪いたい。⑤〜地味子の正体、ついに暴かれる〜』をお手に取ってくださり、ありがとうございます！

ラスト目前の第⑤巻、いかがでしたでしょうか？

私の作品の中で一番の長編である本作ですが、ついに次巻の第⑥巻で完結となります……！

大河さん、仁さんも溺愛バトルに参戦し、溺愛度ヒートアップ……！のはずが、後半は暗いシーンが多くなってしまい、申し訳ございません……。

⑥巻は暗かった分も、甘甘甘！でお届けしますので、お楽しみにしていただけますと……！

本編では描けなかった番外編や、その後のお話なども収録予定です！

少し番外編の内容をネタバレさせていただくと、本編のその後のお話や、みんなが進級した後のお話、そして2月に発売ということでバレンタインの番外編も収録させていただきます……！　番外編では、④巻のアンケートで人気だったキャラをメインに書かせていただきました！皆様の推しキャラが上位に入っていることを願っております……！

　次回のあとがきは書きたいことが渋滞して収まらない予感がするので、⑤巻でも感謝の気持ちを綴らせてください！

　1度でもアンケートや感想などを送ってくださった方、ありがとうございます！

　いつも優しいコメント、嬉しいコメントばかりで、皆さんの声が執筆の励みになっておりました！

　このあとがきを書いている現在、⑥巻の執筆をしております！

　皆様に最高の結末をお届けできるように頑張りますので、どうぞ花恋ちゃんの恋を最後まで見守っていただけると嬉しいです……！

　最後に、本書に携わってくださった方々へのお礼を述べさせてください！

　いつも素敵なイラストをありがとうございます、漫画家の柚木ウタノ先生。

　⑤巻を手にとってくださった読者様。いつも温かく応援してくださるファンの方々。

　本書の書籍化に携わってくださったすべての方々に、心より感謝申し上げます！

　改めてここまで読んでくださり、ありがとうございます！

　また次巻でもお会いできることを願っております！

2021年12月25日　＊あいら＊

作・＊あいら＊

ハッピーエンドを専門に執筆活動をしている。2010年8月『極上♥恋愛主義』が書籍化され、ケータイ小説史上最年少作家として話題に。そのほか、『お前だけは無理。』『愛は溺死レベル』が好評発売中（すべてスターツ出版刊）。シリーズ作品では、『溺愛120％の恋♡』シリーズ（全6巻）に続き、『総長さま、溺愛中につき。』（全4巻）が大ヒット。胸キュンしたい読者に多くの反響を得ている。ケータイ小説サイト「野いちご」で執筆活動中。

絵・柚木ウタノ（ゆずき　うたの）

3月31日生まれ、大阪府出身のB型。2007年に夏休み大増刊号りぼんスペシャル「毒へびさんにご注意を。」で漫画家デビュー。趣味はカラオケと寝ることで、特技はドラムがたたけること。好きな飲み物はミルクティー！　現在は少女まんが誌『りぼん』にて活動中。

ファンレターのあて先

〒104-0031

東京都中央区京橋1-3-1

八重洲口大栄ビル7F

スターツ出版（株）書籍編集部　気付

＊あいら＊先生

この物語はフィクションです。
実在の人物、団体等とは一切関係がありません。

極上男子は、地味子を奪いたい。⑤
～地味子の正体、ついに暴かれる～

2021年12月25日　初版第1刷発行
2022年2月1日　　第2刷発行

著　者　＊あいら＊
　　　　©＊Aira＊ 2021

発行人　菊地修一

デザイン　カバー　粟村佳苗（ナルティス）
　　　　　フォーマット　黒門ビリー＆フラミンゴスタジオ

DTP　久保田祐子

編　集　黒田麻希

編集協力　ミケハラ編集室

発行所　スターツ出版株式会社
　　　　〒104-0031 東京都中央区京橋1-3-1　八重洲口大栄ビル7F
　　　　出版マーケティンググループ　TEL03-6202-0386
　　　　（ご注文等に関するお問い合わせ）
　　　　https://starts-pub.jp/
印刷所　共同印刷株式会社
Printed in Japan

ISBN　978-4-8137-1192-6　C0193

＊あいら＊・著
イラスト/朝香のりこ

総長さま、溺愛中につき。

溺愛の暴走が止まらない！
危険な学園生活スタート♡

ある事情で地味子に変装している由姫の転校先は、なんとイケメン不良男子だらけだった!?　しかも、生徒会長兼総長の最強男子・蓮に惚れられてしまい、由姫の学園生活は刺激でいっぱいに！　さらに蓮だけに止まらず、由姫は次々にイケメン不良くんたちに気に入られてしまい…？

シリーズ全4巻＋番外編集　好評発売中！

総長さま、溺愛中につき。①〜転校先は、最強男子だらけ〜
総長さま、溺愛中につき。②〜クールな総長の甘い告白〜
総長さま、溺愛中につき。③〜暴走レベルの危険な独占欲〜
総長さま、溺愛中につき。④〜最強男子の愛は永遠に〜
総長さま、溺愛中につき。SPECIAL〜最大級に愛されちゃってます〜

大ヒット♡
ケータイ小説
文庫版